看我，久久久久

石德華——著・攝影

自序

久

1

久，音比較纏綿，筆畫少，不常當錯別字，卻也不容易寫得漂亮。

外表純粹一些，情意比較綿長，不算出色受矚目，但獨特。這是我自己。

2

有人閱讀我的書，是從國中高中，一直到現在已爲人父母。這是一種久。

自我了解，需要時間，需要功力。

人與人之間的理解與溝通，其實也是難事。

這是個需要利與攀的世間，計利與攀緣是功用性的，數算性的，而我個人，一向只能專注做好自己的事，沒能力給利與拉抬，除非你能看我久一點，才能知道我的無用之用。

而人總是很馬虎、主觀的評斷別人。但你如果看得不久，便無法深細；無法深細，便無法眞正了解一個人；無法眞正了解一個人，就是辜負。久，才能讓這一切不致於太過遺憾？

往來匆匆，擦肩而過，從不駐足留步，此生的意義會是什麼呢？駐足、注視，彼此有了聯結，新的意義便產生了，有人甚且記憶交集，彼此成爲生命中的獨一無二。駐足、注視、交集、互動，愛與責任，馴服與了解，人生的意義原來在此。

而我的入世法則一向就是同情與理解。這需要久，久久，久久。

看我的散文，要細，要靜，也需一種久，至於我的書寫，時長，日也久。

因爲久，時空都拉緩拉長拉立體了，常與變，業與懺，因與果，消逝與新生，也才能看得眞，悟得清。

3

他原本就美在那，等我們去將他收擷進自己的生命裡。旅行，就是這樣。

澎湖是我一去再去的地方，這兩年我也常有南臺灣的輕旅行，發現友伴及自己都不約而同在由衷輕呼：臺灣眞美。沒來得及留下文字的，幸好有留影，生命總是不知短長，美的確定倒是不必遲延，尤其親見二〇二〇年全球疫情下的臺灣。於是在書中影像收進「臺灣之美」，圖與文並不完全相符，只爲留下。

書稿交給出版社之前，我給人間福報副刊編輯覺涵法師一則 Line：

「有人連著兩本書都感謝同一個人嗎？」

覺涵法師的催稿很厲害，即便他沒動靜，透過虛空你也知道他在等待，於是，偷懶散逸一下下就好，很快又自動坐直身子，電腦前一字一字 Key 過流光，我眞的沒有新鮮詞，合十說的仍是這一句：

「法師，謝謝你，沒你沒福報，我絕對寫不成書。」

也將這些年常有的一種心情，一併融入拌勻吧！用書中的一句話以達，那就是：

「行走，回家，仰頭，心中無比寧靜而飽滿，感受時光穿越過我，我突然很想很想，謝天。」

4

散文是我的斷代史，一本本，我的不回頭，我的彎弧跨度，我沉穩的悲傷，我無匹的壯遊，那，這本呢？

這本書呈現我從隔岸所觀照的日常，和它清澈倒映水面的入世信念。信念，有堅持，有抗拒。

我成也如此，敗也如此，始終護守著世間最有價值的久久久久：意志力。專注力。誠信。善良。

目錄

01 看我

02 凝視

目錄

03 流眄

04 我看

Chapter *01*

看我

我的每篇文章都是我，

一本本書就是我的斷代史，

那兒有我的十里桃花，

也有我的明月大江。

掩不住我的情意

她們看來是姊妹淘，七十幾或八十的老者，尋常百姓樸素素，坐在第一排，自始至終微仰頭聆聽。那天我講散文，說了很多張愛玲。開場前有聽到館內廣播請大家踴躍參加，工作人員進到閱覽室去Call人。去年底的事，我去后里圖書館演講。

散場時她們走最後，我聽到她們之一在說：「咱那答應賣入去聽，丟愛加郎聽尬唰！」

我告訴工作人員，整整兩個小時，她們聽得好認眞，工作人員回我：「她們聽不懂國語。」

「敦厚吧？」臺下學員點頭，異口同聲：「嗯！」

「善良吧？」又齊齊一聲：「嗯！」

我是這場講座的講師，用去年的事開場。

藍牙的配對手機，一向我都在文學的場子談

文學，這次文化局「百師入學」場子的對象是社大學員，完全沒有文學人口。

「**椰子樹的長影／掩不住我的情意／明媚的月光／更照亮了我的心**」這歌詞是我的破題序言：內容當然比技巧重要，但技巧可以托高內容主題，並且深化情感。技巧就是那照影月光白的「更」。

沒想到，我們是以全場大合唱這兩句，完成這場文學講座的序曲。

不停的講述加投影片不斷切換，大教室內不時都有學員恍然大悟的「哦～～～」，深表同意的「對，對，對」。我講愛情薄脆，PPT呈現一張張月亮消盈變化的臉，氣氛正醞釀中還沒說到結局呢，座中已經有人用臺語大聲在說：「壞了，壞了！」

的確是「壞了」，月盈會月虧，月球表面光滑瑩潔，其實蝕蝕洞洞，不正情景交融著看不見的，情人內心的悄悄變化。

聽懂了《散場電影》是分手場景的經典，他們全體遂跟唱得超級忘情，而一提到袁崇煥就有人在箋注「他後來是被凌遲處死的」，說到仁安羌大捷、向上路一段十八號孫立人故居，有人忍不住義憤插嘴：「都是某某迫害的啦！」

下課。顯得蒼白羸弱，包著頭巾的媽媽說她爲愛文學想書寫的女兒來的。那

臺灣・彰化

上課很有回應的大叔說，走向上路一段數十年，都不知道那兒曾住過一位蓋國旗國葬的將軍。一位老先生特地走過來對我說他姐夫也是湖南人。

這堂課，我多說了些我自己。十年前丈夫陪著，我揹父親遺照送父親回湖南新寧清江橋的往事。

很多事不提也就那樣，歲月中你不忘，只是世事的潮汐一拍一拍推湧，回首，新來後到的擠在前，退得遠的歸屬在大海，日日夜夜，無聲雍容。多少年了我並無因由提起父親。

一提起，竟然多說了他的本家

年少、他的爲人風範，一提起，就多說他到臺灣駐軍在通霄鎮一個濱海小漁村，民宅屋簷下躲雨，窗戶開了，一位年輕女孩對他說：「你進來廳裡躲雨吧！」

他說：「不，不可以擾民。」

後來？後來，這女孩嫁給他，在外省本省通婚還蠻有些麻煩的年代。一提起，哎，連我要離開湖南老家那一幕也說了，我竟然捨不得父親遺照獨自留下，腳步遲遲躊躇爲難，丈夫提醒我拿兩個銅板擲地博杯，連三聖杯！我這才放心離開。離去的時候細雨霏霏，走在田埂的我一步三回首，回望父親出生、長大、離家就沒回來的老屋，細雨轉滂沱，天地一片潮濕朦朧，多像我隱約感到卻說不清的，我也許不會再回來的情緒：

雨落個不停，天地朦朦朧朧，像什麼都不確定了，我與眼前這片田園、這些近血緣的親人；我在尋根中仍感到一絲失根的微妙複雜……。我終究該怎樣？

臨別，我拿相機永恆捕捉住故鄉，雨不停打落，堂妹說：「別拍了，就再回來嘛！」濕濕糊糊朦朦朧朧，我眼裡一熱，再也看不清這片山水。

這是父親的山水……

湖南回來後，人生大風暴已伺機在不遠的前方等候我，生命的大情節一章接一章，這篇帶父親回鄉的文章，便始終是沒完成的殘稿，心情仍如昨，過程已淡褪，記憶是靠不住的，往事無處可留存，唯有文字。而也只有在文學的場域，有人很體貼的靜靜聽著，才有線索牽連織成一片情感的觸動，將任許細小卻美好的故事，得以跨越時空被召回、複習與傾訴。

一位嬌小的婦人在旁等著別人和我說話完才上前，她說是我初中同班同學，近照面我也認出來她了，「妳個子小坐前面，比較乖，我們坐後面的調皮搗蛋——」

她說：「妳沒變，妳的鼻子，我到現在都還記得，就是這個樣子。」她是真記得我。真正的記得，在細節。

文學講座的題目叫「掩不住我的情意」。我在說文學得不辜負自己的情意，也不辜負別人的情意。結尾時我說自己，感謝今生能寫作，讓我常在分享中得到眞誠溫暖的共鳴。至於大家，兩小時了，學員們眼睛還是直亮亮的，我說，能力到那裡，就到那裡。

寫作最大的意義在寫作本身，它眞的非常珍貴，但比之生命，我認爲生活比寫作更重要，甚至健康都是。當不當作家，能不能寫作，都不如當個有情意的人來得重要。

就像我在許多演講的場合，都領受到觀衆總是將最舒服的位置給了講者。情意的基本內容是什麼？敦厚。善良。

很小也很大，情意就是人文。

杯裡的擁抱

時隔二十好幾年了，那時候旅行沒那麼全民，尤其是自助。我同行的友人回來後，用了一句話說出和我一起旅行的心得：「和她一起，學到走走坐坐，走走喝喝。」

我眞的沒在意，生命中發生的事無論預料之內或之外，每一樁都比這句話重大得太多，但我卻也一直不眞正明白，這話到底是褒還是貶？

問題是比答案更高層次的思想。是褒還是貶？答案當然無關緊要，我倒認爲，問題本身那件事似乎更值得關注；「走走坐坐，走走喝喝」這件事。

我純粹當它是個人的私癖好、歹症候，也不無可能就是怕勞累、愛閒散的好

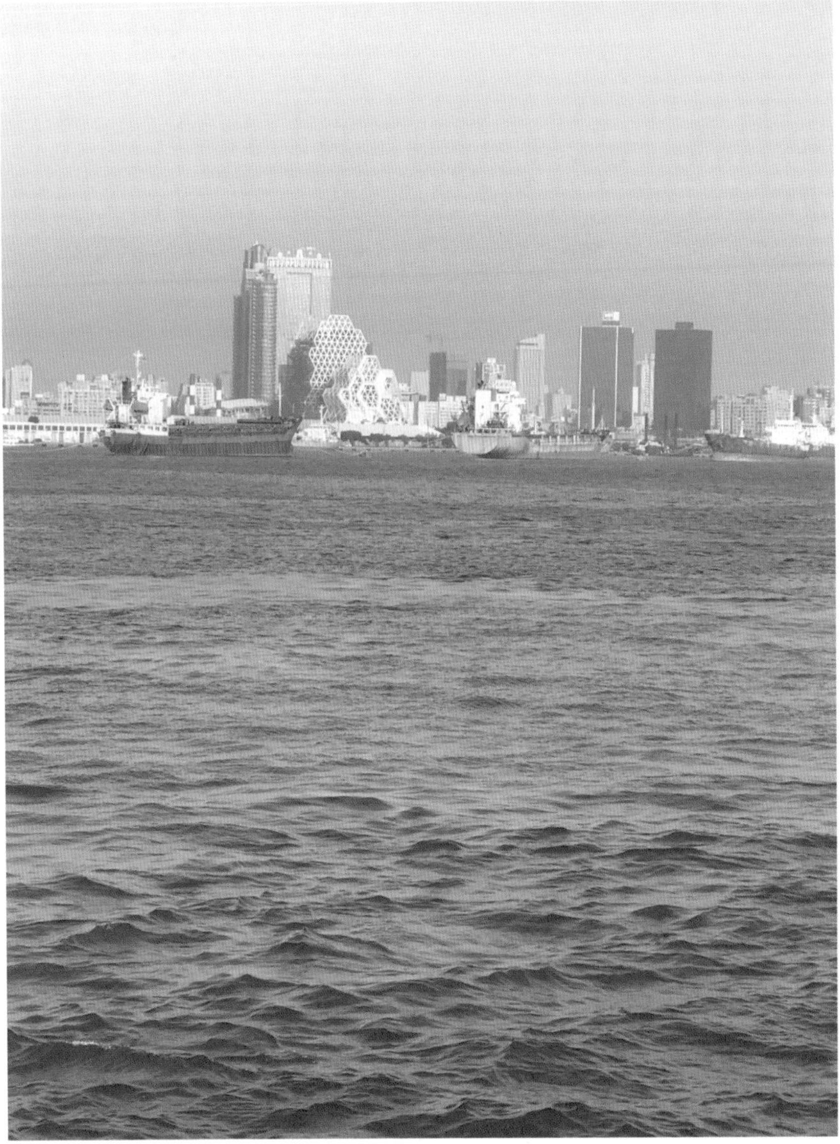

臺灣 · 高雄

命人個性，二十多年後的今天，我竟然讀到有人眞正在研究這件事。而且篇目下的是：成功人士都在做的標準動作，天天如此。

泰瑞莎．張（Theresa Cheung）是《星期日泰晤士報》排行榜暢銷作家，她在《儀式的力量》書中，提出成功人士的日常，她認爲他們每天都有自己一套宛如儀式的標準動作，腦神經科學和臨床心理學的研究都已證實，這些儀式有力量。

「休息、喝杯東西是賦予你平靜，以及更重要的——愛自己——的絕佳時刻。如果連你都忽略自己的需求，成功和幸福又何必理你。」她用好幾句名言佐證自己的論述。讓我觸目如閃紫電，全身細胞歡喜雷動的一句話是：「咖啡和茶是杯裡的擁抱。」

喝茶、咖啡，就是從眼前進行間的忙動橫向闢出一個心靈休息的片刻，這經驗我很熟悉的，通常這就是自己和靈魂溫暖擁抱的片刻。你正在感覺自己，或者你正在照顧自己、關愛自己⋯⋯。我許多開始的一搏與結束的犒賞，其實過程中的打氣也是，用的無非都是這樣的方式。

泰瑞莎體會得更細膩，她認爲透過安靜時刻省思與關愛自我的人，才能眞正爲別人付出，因爲這特別的時空充滿儀式的力量，能讓人眞正知道自己的需求，這正是提升自尊的方式：「一個人有沒有關愛自己或在錯的地方追求幸福，靈魂一定會知道。」

重點不在飲料本身，而在於品嚐的這一刻，你坐下，擎起杯子，手指小使力，傾杯，杯裡的東西觸唇，溫潤有感，輕輕滑入喉，每一步驟都急不得，包括呼吸在內，世界於是慢下來全屬於你，空間無法對焦，時光模模糊去，你清晰感覺著自己，愛著自己。

就是這樣，每一口喝下的都是電力。

旅行的時候，地中海邊小巷弄我坐下，那是隻身在西西里島尋夢撐篙，古典藍的我。煤油路燈光霧迷濛，倒影粼粼如幻，在永恆與無常之間擺盪，小樽運河邊坐下的是一個淡金的我。那麼北平呢，每條迂曲的胡同裡總覺有一襲在歷史裡迴身的陰丹士藍。在石垣島我一定是石青。在馬祖，崩崖、險礁、海蝕、岬角，我當然是剛沉的巖灰。在澎湖，無論多麼的花火燦爛，我想我都甘願只是煙的輕、浪的白。在香港我還沒有顏色，它自己的色調在流變裡都還閃爍迷離呢，而我只去在上環中環，獨自坐下喝杯咖啡的時間，還不夠多。

天涯海角任何地方的美都不必仰仗我走去拾掇，它們原本就美在那兒，我去到的每個地方，反而都要讓它們鋪敷上一層我，所有風景都有著我生命的投射，走走坐坐，走走喝喝，杯裡擁抱的，全然就是這一刻的在那個地方的我。我是用這姿態在與世界結手印，我來過，以生命相印。

回想起來，是眞的可以檢驗的，愈是能「走走坐坐，走走喝喝」的旅行，回來後我的身心狀態愈飽滿，彷彿眞的從宇宙獲取了眞氣與能量。

我的確天天如此，泰瑞莎的書爲我的「坐會兒喝個什麼發發呆」加持，杯裡的擁抱這動作我做得眞標準，只是絕不可能列入成功人士，我只此項達標，其餘沒一項及格，

比如早起。

前兩天，去文學營談散文，雖沒說到「走走坐坐，走走喝喝」，但一定會提到任何事都是一個人風格的延伸，包含旅行。而一上場，我就開門見山說了，文學是一場不盡的對談，你聽到的都只是海面一角的冰山，海底下的更巨大，但若你一定要我用一個字，只用一個字，道破散文的全部；我頓了一下，切下投影片；不只散文，人生最重要的也一樣，那就是——，用著空前自信的語氣，我對年輕學子說，一併也讓片子慢慢淡出一個字——我。

香港太平山鳥瞰／陳順成攝影

人生若只如初見

1 最大公約數

我練劍。約莫得四、五成了。

明白自己要的是什麼，心神力氣全不想瞎耗費，很多人事的因應，我學習以簡馭繁，理性盡量要清澈，感性更得精緻且到位。於是迴風雁落，劍光寒，斬過去，掃未來，以方便凝視當下。

沒啦，既非峨嵋也不武當，我練的這套劍法，看熱鬧的說幻形幻影，懂門道的，才會眼神一深，點了點頭。

提眞氣、用內力，我的劍訣是：流變，與因緣。

所以，讀到書裡這一句，我難保不會有的酸楚、傷懷、痛切竟然龜息大法靜悄悄，劍在鞘，滿室劍氣隱隱，我獨自靜靜，會心微笑。

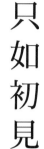

這句話，很動人衷腸的，它是概括很多世事的最大公約數——

人生若只如初見。

情發有端，那些背叛、猜疑、欺騙、計較、比量、駁雜、誤解、傷害，甚且生離、死別都還沒發生之前，人生若能只停留在那驚豔、傾心、投契、知心、相信、相安、相守、相愛的初見時光，該——有多好？

誰沒有過這種感喟呢，關於這場人生？後來當了皇后的如懿也這樣說：年少深情怎麼也會走到相看兩厭。

2 你還好嗎

人生若只如初見，這原是清朝第一詞人納蘭性德的詞句，後來大陸內地一齣電視劇以此爲名，還有一首同名主題曲。

我爲了張愛玲，借閱十本相關書，其中一本，就用了這句話來說張愛玲的祖父張佩綸。出名要趁早！二十三歲的張愛玲，名動上海；二十三歲的張佩綸，高中進士第二十四名，隔年進入翰林院。

張佩綸是個理想主義者，他用激揚的文字彈劾貪官，指點江山，是朝廷強硬敢衝「清流黨」兩隻牛角之一。調子起太高，書上這樣說他，我們讀著讀著也感到，這個人真沒有中國官場的性格。

考驗來了。我曾寫下一八八四年清法戰爭，法將孤拔在臺澎的故事：「法將孤拔率領的遠東艦隊，於馬江戰役殲滅清朝福建水師、南洋艦隊」，這場戰爭，清軍一敗塗地，馬尾造船廠全毀，敗方主將就是張佩綸。

張愛玲自己都說過，從此「中國海軍」四字，在英語裡一直都是一個笑話。而人如果是窪地的一攤汙水，別人也就會將髒水往那兒倒，我們自己的說法是，主將臨陣逃脫，戰敗那一刻，主將是頂著銅臉盆逃跑的。

「調子起得那麼高，原來只為這一瀉千里？」書上寫。

張佩綸因戰敗發配戍邊回來後，最會當中國官場的官的李鴻章將女兒嫁給他，可見李鴻章有多麼惜愛張佩綸，但是張佩綸回不了從前，懷著深沉的絕望截斷從前，與妻子隱居江南，離群索居。

他只破例見了一個人，那另一隻牛角。那一天，人生若只如初見，兩人談二十年前煮酒論英雄，談他們彼此見證的激越青春，談身世與際遇時，那另一隻

臺灣 · 臺中

牛角，像一面鏡子映照張佩綸大起大落的大失意，他是當時的兩江總督張之洞。

張之洞說那日談話間，張佩綸頻頻唏噓不已，而我們十之八九會中的合理猜測是，張之洞一定有問：「你還好嗎？」

那電視劇同名主題曲裡有一句歌詞唱的是：

最遺憾的字　一念之差
最悲傷的話　你還好嗎

相見後第二年，張佩綸就去世了。

3 終究沒把愛度化

人生若只如初見，以我看來，是張愛玲與胡蘭成。

我講課時談世紀情話，張愛玲的低低低低到塵埃裡，一向很叫座，但我說胡蘭成的也不遑多讓。

胡蘭成第一次讀到張愛玲的文章，整個人坐直了，反覆看了好幾遍。從此以張愛玲爲仙女級的偶像。他們第一次見面，晤談五小時，送張愛玲出門，走在有月光的小巷子，胡蘭成對張愛玲說：「妳的身材這麼高，這怎麼可以？」

就這句，就這句，時光若能停止在這句話就好了。

才女的心眼竅孔通常有異常人，漂亮氣質有才華這些詞很容易如空氣，這句尖新的，從沒人會對她說的話，鮮跳跳的動了一位才女的心。

這句話，霍地拉近兩人的距離。他怎麼可以講這種話，管我多高多矮和你有干嗎？但一回到家，臨睡前，這些茫茫亂，當時也許微快的感覺，都會變成一派柔橙的蜜甜包覆著她睡去，他怎麼能這麼說，他怎麼能……

這句話，在說，那叫我如何才能匹配妳？

如果只這樣就好，隔天依然漢奸歸漢奸，女作家歸女作家，傾慕歸傾慕，距離歸距離，然後慧文、英娣、小周、秀美、鄰婦多少個歸多少個，浪子風流也自歸他的浪子風流……但誰能？誰能阻擋早已被勾勒好藍圖的隔天？

月光小巷，感覺到對方膚溫，逐漸在靠近的心，怦然的一句話，啊，這永恆的初相見。

胡蘭成與張愛玲再來的一段恩愛時光溫存猗猊，閨情春色也有之，但質變是無聲無影的，溫州千里尋夫的張愛玲，開始仙女貶凡塵，只在愛情的信與移之間仍有她獨到的堅持與說服。再來，解放軍來了，辭根故土不得不說帶有倉皇，然後在美國遇見賴雅，眞愛又如何？生計照料與老病衰朽死，張愛玲跳過這些全沒寫，過街時像一片落葉被風吹起那樣單薄的她，最後選擇不停搬家，獨自死去。這些，說來不就是世間事，只是仙女做起來令人更生不忍。

胡蘭成《今生今世》說他的妻只有玉鳳一人，那張愛玲被打派和他其他的女人一樣，就只是妾了？妻妾成群，眞是非常俗世凡塵，張愛玲竟在列。

人生若只如初見，那月光小巷才澄澈明淨，那時，一個只是奇崛的才女，一個只是懂她的聰明男子。

電視劇同名主題曲又適時來背景著：

說來都是傻瓜
歲月一身袈裟
終究沒把愛度化

臺灣・墾丁

4 練劍在紅塵

若，是虛妄的，只，襯得願望好卑微虛無，初見，發生卽已消失，其實是不存在的，只因後來並不如最初美好，過程中的變化，又往往超出人們最初的理解與寄望，它才被掛在記憶裡，神龕似的受供奉。

不過，能成爲最大公約數，就是貼近在生命本然的面貌。

而我，練劍在紅塵，藉由無常與因緣之力，總希望輕功一躍，再上層樓。

這種經驗不知你有沒有過？

1

這種經驗不知你有沒有過？

讀到此句，我點了好幾下頭。有，有，有。

以爲沒人會和我一樣的「怪」與「任性」，這下子全都平反了。

是讀楊牧的〈壯遊〉。他千里迢迢到了巴黎，住進旅館十二層高的房間，站在窗前讚嘆那「歷史和傳統」的巴黎。然後他坐下，攤開一疊紙，握筆疾書，急著想表達的是這個「到了」的感受，「到了就好了，知道我已經在巴黎就夠了。」他坐在旅館窗前寫着，看到美麗的巴黎，看到自己坐在巴黎的旅館窗前寫着，並因爲看到自己那樣在窗前寫着而格外感動。接著他就問了這句：

「這種經驗不知你有過沒有？」

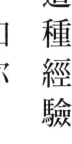

楊牧是在說，並不急於觀光街頭與景點，去到那兒，其實我們都在尋覓自己。

我在小樽凝視倒影時光的運河。

我在函館山腰逢遇十字街的異國風情。

我在芹壁石城突然感到天長與地久。

我在馬公港邊發現歷史一如潮退的礫石。

我喜歡我的「到了」，我喜歡去到一個陌生城市的我，我喜歡在陌生城市書寫，旅行中所有風光景物都投影過我獨有的心情。

這種經驗不知道你有過沒有？

2

那一天，學妹到咖啡館找我，許久不見了，雖然網路上從不缺乏彼此生活行蹤的訊息，但直面相對總是或永是有著，人際無可取代的微妙傳達。

就像人的一抹眼神，一些遲疑或是誠實，從來無法取得有效的載體，純粹只能目視與聞嗅。

我們談了很多，肉身衰朽，老病與死亡，不經意潑到的話題是抒壓放空的方法，學妹用的是看韓劇，我說我都用談話性政論節目，那種空間很滿自己卻完全不必用腦不必認眞的時刻。那學姊妳何不寫些幽默風趣的小文，人生是如此疲累，需要趣味和輕鬆，學妹順話題這樣說。

哦，我好像很難簡短完整的回答這問題，不也是嗎？平日我點子不少，說話也活，擺明是個知情識趣的人，是啊，何不發條轉鬆，就漫天輕舞去飛揚……，但我聽到自己在說：「我恐怕難改變了。」

「你可以另外用個筆名呀！」學妹又笑說。

話可能得從很久以前甚至是幼年莫名所以恍若前世未盡記憶的不安全感說起，但我一向都知道，有時你並不想多說，就是怕別人不會眞懂。

這世間，那能事事來龍去脈皆分明？不常都是用浮光掠影在水面隨意作畫，再任由人漫作後設的解讀？晏晏笑語間，我還是簡單回了一句：

「在本質上我也許是嚴肅的。」

3

DNA的，天然的，內在質氣的，歲月的，際遇的，還有比這些綜合起來又更多一些的總總加起來，我的生命遂有了跨度之後的再回視，來時舊景物，歷歷在岸，連水中倒影亦清晰，這份對生命的重新理解，使得這些年我分外對意志與意義起敬，進而確立對自我的深切了解。

這一路人生，我在該浪漫時充分浪漫，在該悲傷時徹底悲傷，不沾戀，不憐怨，沒錯置。輕盈美好的生命種種，是吹拂過青綠原野的悠揚長風，這一襲漫著青草味的風，竟也轉山，臨崖，下岬彎，嘩的在一個個裸露的礁石間黃沙迴旋，便迎面散逸，飛向無邊的海天。

回不去的青青草原，是記憶裡永恆的草如茵，風來，綠與綠迢遞溫柔。

知風草協會秘書長楊蔚齡，早就是砂是礫是巖是石，是被我心中註記住的意志與意義。她對我說：「妳一直是順遂的，除了後來的悲傷。」

雨稀微，讓車窗外夜的臺北，既陌生也熟悉，是流麗又朦朧，多適合人們表白心跡，只以一句簡短：

馬祖・北竿

「是的，順遂教了我應該教的，悲傷，教了我更多。」

本質上我是嚴肅的，沒刻去多餘的石塊，它便沒能被呈顯出來。經過這麼久、這麼多，天都快荒、地都快老了，我才清楚我自己。

所以，我只說眞實的故事，只寫眞正的發生，只抒感眞情懷，我生命明亮黃、柔甜橙，筆下必就是，我生命鬱綠或灰紫，滿紙就凝重，當我明白生命本質上的肅穆，便回不了青青草原。

你最好扯些新鮮的、要好玩、要輕鬆，今年夏天，我有機會對幾百個年輕學子講話，朋友你一句我一句的提醒言猶在耳呢！上臺，我還是朗讀了美國首席大法官羅伯茲（John Roberts）對一所高中畢業生的演講詞：

希望你們三不五時就會被不公不義的對待。（才會懂公平正義的價值）

希望你們遭到背叛。（才會懂眞誠）

希望你們感到孤單。（才不會把朋友當現成）

希望你們遭到不幸。（才會知道我們多依賴機會與運氣）

4

學妹是講究節氣的美食作家，或者，我以黃道或調味爲比喻會最適宜。散文〈第九味〉裡，作家徐國能筆下「健樂園」名廚曾先生說：「辣、甜、鹹、苦是四主味，屬正；酸、澀、腥、沖是四賓味，屬偏。偏不能勝正而賓不能奪主，主菜必以正味出之，而小菜則多偏味，……。」

比之意志與意義，有趣味，生活的點綴，小小甜蜜的發現，於我，我想是屬偏味了。天道運行永不止息，每十五度一節氣，立春一過就驚蟄，霜降過後小雪至，然後，大寒就近了。度度不能替，到了就是到了，一年如一生。

無論去到哪兒，我們苦苦尋覓的都是自己。在旅行中、在書寫裡、在行事風格、在美學品味、在進退取捨，在關鍵大處、在微觀小處，人都在尋覓且確立自己。

這種經驗不知你有沒有過？

CAN HELP
——二〇二〇年三月小記

國家隊

二〇二〇年，三月，我戴口罩。

拉在下巴，需要時才拉上去摀鼻嘴，比如我鼻涕倒流沒事常要咳個兩聲，我怕別人會不安，以及，身在人多密閉空間時，比如搭公車。

新冠狀病毒延燒全球，我們當然不會天真的以爲臺灣能跳過什麼，但我每天早上出門前都要打開電視，看防疫指揮中心記者會，那不太有表情的臉孔坐成一排，一式鼠灰背心翻出黃領，有就說有沒就說沒，將臺灣的疫情做出最新報告。

然後，我出門，做該做的事，口罩拉在下巴，需要時才拉上去。

醫療人員的奉獻付出、工具機國家隊的速度精度、口罩原料供應商的全力支援、中研院的沒暝沒日……。這次，我可不敢又在那裡說臺灣能量都是由下而上，這次，政府精準愼快的決策，和民間的成熟穩定，交互形成量能與質感兼備的國家力；這次，醫療環境有人怕靠近，就有更多人送去溫暖與感謝；這次，藍綠都別強出頭，同一隊才是唯一共識，自己人罵有什麼關係，別國一直在誇讚才重要……。這些攏攏加起來，剛好就是臺灣二千多萬子民，一點一點定在那兒的全民凝聚力。

全科題本

校園是認知的啓蒙地，課照趕、試照考、學生照管教、額溫槍、戴口罩、酒精消毒之外，還有你沒想到的。

強調素養導向的新課綱上路了，臺中雙十國中老師們出了一份「防疫素養全科題本」。國中會考基本題型的模擬測驗，限定版，含解答，專爲防疫出題，這，你想都沒想過吧？

命題範圍：跨領域無國界。考試時間：想多久，隨便你。這？注意事項第三點是：請務必認眞思考作答後再傳給其他朋友。蛤！第四點還交代，有資料內容或文字校對的問題，「歡迎到臉書留言」。咦？你沒看錯。亦正亦諧，這才切中現代社會的調性。這份提供參考的考卷擺明了：喜歡你就挾去配，能以一反三更好，所以，若身邊有親友，「可以一起討論作答，增進知識與感情。」

防疫有學問，五大學科，三十六題，數學科還有非選擇題。

社會學科第一題就 ABCD 的問世界衛生組織（WHO）的會徽。想給學生的知識都在命題敍述中，答案通常很簡單，比如到第五題，題目將「封閉式管理」說得很明白，目的是聯結到鎖國，就可以出題問「在清朝的時候，也有一位皇帝採取鎖國政策，他的理由不是防疫，而是爲了禁止外來宗教，這位皇帝是誰？」

這命題團隊眞要頭腦有時螺絲栓鬆一點以便創意跳躍，又要栓緊一點以求防疫知識緊扣學科題目。

公民科很硬，又要閱讀資料又要選出正確答案，彰化縣田中鎮生產口罩的華新工廠都入了題。我不禁非常好奇數學科。

數學科，列一張清楚口罩實名制圖表，旁邊情境漫畫裡，阿嘎問怎麼辦，口罩大缺貨，小桃就回他：「別擔心，自二月六日起，實施口罩實名制，民眾可憑健保卡在健保特約藥局購買。」然後，第一題就來了：

阿嘎的身分證字號末碼是〇，依規定他哪一天可以到健保特約藥局買口罩？ABCD。沒完沒了，第二題給了一張二〇二〇年二月的月曆，說小桃二月六日憑健保卡買到口罩，下一次小桃最快可以購買的時間爲何？ABCD。

接下來有問星期日合買的費用總金額，還有「如果『七天限購兩片』政策不變，而且後續口罩產量能增加到單日六百萬片，則民眾買到口罩的機會將可提升至多少？」緊接這題的第八題是：

若依經濟部的說法，一個月內增加六十道產線，口罩產量能達到每日一千萬片，我們每人每週能分配到的口罩片數大約有多少片？

出題老師們是實著來的，他們不只要數學，他們還給了學生認知的細節，學生慢慢會知道，數字是精算並非隨性。很多事，沒那麼簡單。

數學科題目，我從第三題起就不會了，更不必提那非選擇題，那裡是關於計算死亡率的問題。

一個好故事

國文科才是我的強項。

試卷頭補白了一張第一線防疫人員配備穿著的說明，我一看內容，眼眶就先熱一圈。

單選題有「吹哨者」，有題辭，接著就是那落落長，考生要嘛皮繃緊，要嘛不想看直接亂猜的閱讀題組，我必須說，這題材選得太好了——

〈洗手的人，與他的寂寞一生〉

那是十九世紀匈牙利產科醫生伊格納茲．塞麥爾維斯的故事。

他是第一個發現醫護人員洗手，可以降低產婦死亡率的醫生。手，常會沾染上「死亡微粒」，當時這位小診所的醫生，首先發現了細菌的概念。

小醫生公開他的發現，令大醫院、名醫感到尊嚴與權威受挑戰，在細菌學尚未建立的年代，小醫生沒能拿出更有力的科學證據，於是像叛徒一樣，他受到無止盡的嘲笑、奚落、謾罵，進而被孤立、邊緣化，人人都不相信他。一八六五年，他被關進維也納瘋人塔的拘禁房，因逃亡被警衛打傷右手腕，傷口產生壞疽而死亡。

伊格納茲．塞麥爾維斯醫生曾說：「唯一驅散悲傷的方式，就是幻想著總有一天，一個更美好的未來，所有因不衛生引發的感染都會消失。」

死後二十多年，他的學說受醫學界普遍認同，婦產科診所引入消毒洗手劑，他被認爲是公共衛生的先驅，也被稱作「母親們的救星」。

題組的末段，給了這樣的結語：

「在這疫病蔓延的時刻，好好的洗手，照顧自己，因爲卽使是這麼簡單的小事情，都是一個人，用一生孤寂所換來的成就。」

在防疫的認知宣導上，這十足是個好教材。在人性上，不也是。

孤立，是傷害一個人最好的方法。衆人的力量可以造成盲目性摧毀。權威的可怕在於獨斷任性。眞理與孤寂是孿生。最簡單的小事，背後也可能充滿歷程。

故事，以及故事背後的思考，一個好故事，言裡意外，總能告訴別人你想不到的更多，國文科本來就具有這樣的本事。

國文科考題的重頭戲一向叫做「命題作文」，這份虛擬又眞情的考卷命的題目是：

病毒教我們的事。

有實力

帛琉這樣形容在疫情中以視訊幫助過他們的臺灣：「Taiwan，can help。」有情意，還得有實力，Can help，令我，一聽難忘。

臺灣，Can help，黃領灰背心團隊，Can help，國家隊，Can help，教育，Can help，老師，Can help，正確的選擇，Can help，小螺絲，Can help，人的最高美德，Can help。

這是病毒教我的事。

不說

1 李爾醫生的

二〇二〇年四月，臺灣人小確幸的最大公約數是：確診數〇。

幾個月了，新冠肺炎確診人數不停攀升，不分國界疫情新聞天天重複播放，網路訊息更是排山倒海的文字海嘯，而我仍深信卡繆說的：「值得讚美的人性一定比卑鄙的多。」

那一年我讀《瘟疫》，鄭重的告訴好友：「這是我這幾年讀來，最好的一本小說。」

從城裡出現第一隻老鼠，到解封的俄蘭城清晨開進第一列歡聲雷動的火車，十六世紀黑死病帶給整個小城各種悽慘、剝奪、放逐、絕望，這些我都深度體會，並力讚卡繆對人性的透析力，但那仍如隔一層透明玻璃在看世事，雖清晰卻遙遠，有多遙遠？遠到小說電影或夢，遠到看不見的太舊的過去，遠到它不會存在二十一世紀這世界。

結果，病毒換了而已，所有封城的故事及人性一如風起，吹在二十一世紀的，就是十六世紀的那一襲風。我怎麼忘了書上那個糟老頭曾在解封後說的一句話：「瘟疫是什呢？瘟疫不過就是日常，如此而已。」而我說的「那一年」，只是去年，二〇一九年。

卡繆透過小說告訴我們很多：

沒親見痛苦確實沒有辦法產生相同的感覺。

患瘟疫是一件讓人疲倦的事，但拒絕患瘟疫更讓人疲倦。

除了微生物，所有其他的一切，健康、裡外一致、純潔……，都是人類意志的產物。

這不是一個獲取最後勝利的故事，而是人類必須做什麼，在那永無終止的戰鬥中，必然還是反覆再做的事。

……

心愛的未婚妻在巴黎等他，書中那巴黎日報年輕記者藍伯，請求李爾醫生幫忙逃離小城未果，激動的指責醫生自私、冷血、無情，根本不懂愛別離。

後來，藍伯親見醫護人員及城中自組志願隊的極大辛苦，決定在成功逃離小城之前，也加入志願隊，想和他一起逃城的朋友說：「算了吧，藍伯，究竟是什麼鬼讓你插上手？」

「我不知道……，我的道德律吧，或許。」

「什麼律？」

什麼律？卡繆沒說滿說足，但「或許」二字用得眞好，讀到這情節，人人都或許能有自己的懂。

但卡繆也寫不說。藍伯的未婚妻搭乘解封第一班列車進城，二人重逢擁抱親吻恍如隔世。李爾醫生一直都不說，封城初，他的妻子去城外就診無法回城，解封之前，他心愛的妻子已病逝外地。

2 護理長的

武漢二次包機東方航空公司這班飛機，也有不說的故事。

飛機上三名協助同胞返家的臺灣醫護人員，只能以普通乘客的身分搭機，他們和武漢檢疫人員處於微妙的對峙，堅持，會破局；不堅持，防疫會破口，進與退之間分分秒秒都在靜觀、等候、拿捏，隨時水來，土掩。後來，臺灣帶去的隔離衣被推堆在空橋前，他們被規定不能發給乘客：「所有乘客都已採檢呈陰性，沒必要穿隔離衣。」

他們什麼都不能說，只能隨機用耳語傳播要穿隔離衣，有位乘客問明他們的身分後，便扮演「麥克風」的角色，告訴大家：「他們是臺灣的醫護人員，來帶我們回家的。」

後來三位臺灣醫護人員，在機艙內，透過鏡頭看著國人魚貫走上空橋，每個人經過入口就彎身拿起一件隔離衣，空橋上一邊走一邊穿，很不好穿，他們相互幫忙穿。一位國人最後還抱起剩下的隔離衣和面罩，交還給醫護人員。爲隔離衣對峙六小時的事順利解決，二〇二〇年，三月十一日清晨，三位臺灣醫護人員陪一九二名乘客安全抵達國門。

八里療養院護理長賴碧霞，經歷SARS抗疫工作，也到日本接鑽石公主號國人，這次武漢包機，她內心小劇場一陣之後，還是在第一時間就報名。家人事先知道嗎？

「不能說」，接受訪問時她笑著說，返家隔離十四天，她執行得很徹底，到第六天時，寂寞感還讓她必須打「一九二二」隔離專線，我看著她在螢光幕受訪時，笑著訴說自己的被隔離：「將手伸出窗外，曬一下太陽也覺得眞好。」

「但是，我愛家人有多深，距離就有多遠。」

3 我朋友的

所以我朋友不說。

十年前她就知道自己罹癌，一向寡言詞的她，選擇不說。

她用自己的方式和癌細胞和平共處，十年來，天天過她最愛的小日子——日出，月升，出門去道場服事，回家和家人共處。

一直到今年初，癌細胞擴散，很快的她就去世了。哀痛逾恆的家人都傷痛著她的獨忍不說，朋友們也疼憐的詮釋著她的不說。我想，我是比較明白的。

我至今也沒忘記的醫院經驗，是陪伴丈夫的住院。我常倚在北榮高樓的病房窗口，靜靜俯看車水馬龍的大千世界，當時，我們把一切都擱下了，包括情緒，生命整個臣服在治病這件事，沒多說什麼，但心中總在盼望我們無畏的願承擔的意志，能被特別的照看到。藍天就在窗外，我們卻不屬於紅塵世間，有一天，我忍不住對臥病的丈夫說：「要不要我們偷偷溜出醫院回家看一下。」

十年其實夠長了，我丈夫沒活過第五年。我在想，十年前假如她生病、就診，全家人會陷在同一窪情感的泥淖，彼此牽掣、掙扎、憂傷滿身，生活會是另一種慌急失拍的節奏，那麼，這十年來，她家走不到今日的小康安好。她是家裡的中流柢柱，她要用如常鋪出一條順行的軌道，讓家能流暢的運轉前行。

她的不說，有自主，有運籌，有成全。

後來，她微笑著走的。連日陰霾落雨的天空突然澄定安靜，一束陽光透窗，剛好灑照在她的病床上有如接引，離開那一刻，滿屋唸佛聲不絕，她身在溫暖的陽光中，金色的佛光中。

還需要多說什麼嗎？最後，她虛弱而堅定的告訴身邊的家人朋友：「你們只要為我祝福。」

4 我自己的

會讓人受傷，會讓事複雜的，我都選擇不說。

這和道德修養無關，我想，是我自己嚐過受傷害的滋味，也見識說說說之後的忙累虛耗、於事無補、徒銷損生命力，然後，會留下一個自己很不喜歡的自己。這應該和我喜歡人與人之間的單純善意有關。

我是不說的人，這和能力不高也有關聯，我常感事做不完，時間不夠用。雖由衷佩服別人怎麼能做那麼多事，活躍那麼多社交，周到那麼多世事，但最欣賞的，還是從不搭理非議

臺灣 · 大稻埕遠眺

與八卦的可可．香奈兒，這位二十世紀的傳奇名人，她忙於引領時尚，創造流行，她說：「我沒時間討厭你。」

不說，當然會吃虧，有力氣四處說的人擁有發球權，但眞相，除了你，他之外，不是還有老天爺知道嗎？

這是我一直很喜歡的故事：

蘇東坡因爲烏臺詩案入了獄，與他關在同一牢獄的官員，寫的詩裡提到他：「遙憐北戶吳興守，詬辱通宵不忍聞」，他所受的冤苦、摧殘，比別人更深銳。

帶頭陷害、審問蘇東坡的叫李定。有一天，滿朝文武一起在崇政殿門外等候早朝，李定得意洋洋向大家述說審問蘇東坡的情況，這有名的大案子，想必大家都很感興趣吧！奇怪的是，沒人搭腔，沒人提問，李定假裝感慨、嘆氣大才子的遭遇，大家也一片沉默。李定訕訕然閉了口。

我當不起正義使者、鐵面法官，但可以冷場，冷掉興高采烈的妄加批評，澆息不負責任的熱鬧助長。

不說，也有力量的。

我的摯友艾瑞克和魯卡斯

突然給女兒傳了個 LINE，是讀了詩的那個下午。

詩人寫「讀寫一日三餐」，我眞有同感，手機上於是寫著：「我整天一個人讀讀寫寫，沒和人聚餐來往，到最後會不會沒朋友？」

這賴有點賴喔。

我女兒貼個嘻嘻哈哈很賴皮的圖，回我：「不會啊，艾瑞克和魯卡斯就是你的摯友啊！」

艾瑞克和魯卡斯，我的大孫小孫。

我回了雷擊倒地臉黑圖。

但，難道不是嗎？這些年。

交集。互動。同甘。共苦。你知我心。我知你心。見面的時候玩個不停，不見面的時候彼此想念，不是摯友是什麼？

艾瑞克最近因不午睡被幼兒園老師罰站，老

師私下告訴他媽媽：「他快五歲了，最近很皮。」喲，他的人生第一個反叛期來了。天蠍特質濃，情境型小孩，從小安全感不足依附性強，幼嬰時艾瑞克是被阿嬤摟著搖抱著睡的，我預言他一生會爲情所困，因爲他總有一條線，分明區隔著熟悉不熟悉、喜歡不喜歡、接受不接受。

艾瑞克一直是火車迷、汽車迷、變形金鋼迷，初時要當列車長的志願已擠到第二，第一志願不搖不墜很久了，他要當消防員。他倒眞是我心中的「宋仲基」，小眼睛，高瘦帥，氣質好，穿起軍服、工程服都分外好看。但不知從哪學來的老愛扮猴臉、搔胸、抓胯下，實在很破壞偶像的形象光環。

魯卡斯打哥哥從不手軟，但道歉、說對不起、去秀秀都做得立即且到位，天生交際男，愛歌舞律動，幼兒園老師說他：「會用眼睛和人交朋友。」我跟他爸爸說過：「魯卡斯以後可能是梟雄。」他目前仍是哥哥最忠實的追隨者，常在拾哥哥的牙慧，是哥哥動作的慢半拍殘影。當哥哥被阿嬤帶去旅行不在家，魯卡斯一反平日的瞎忙愛動，拿起簿子，低頭靜靜的獨坐沙發上貼圈圈。中文系的阿嬤知道閨怨詩，這是意興闌珊相思苦。

看到他們的人都說：「沒看過兄弟長這麼像的。」畫面感一些的，會對著當時還坐娃娃車的弟弟輕呼：「咦，你不是應該長大了嗎？怎麼還這麼小？」最生動的是哥哥幼兒園的那位伯伯，他第一眼看見弟弟，就直呼：「複製人！複製人！」

兄弟二人，外貌相似個性不同，各自成長史中最大的共通處，就是和阿嬤一起混著長大。阿嬤於是每天九點以前，以及五點以後使用的都是童言童語，中間八小時幾乎都在獨自讀寫，說的話頂多是：「今天要黑咖啡。」「冬瓜檸檬去冰全去。嗯，加珍珠。」比較長的那句可能是：「老闆，海鮮麵不加味精，不加鹽，要加個蛋。」每次我演講沒達到自己預期的高標，我就會牽拖：會不會是我語言已經退化了。

和孩子在一起，會發現自己仍是個孩子，尤其我在心境上要出世的時刻，孩子們的降臨，讓我帶著不同於以往的新奇的眼，重新入世。火車在城市邊緣馳過、消防車、洗街車、油務車、挖土機……，每一種車，都成爲神氣獨立的英雄，每一日都忙著進行他們的任務情節。警笛、救護車鳴笛、垃圾車音樂再遠再飄渺，我們都會認眞側耳傾聽並確認，每一種微物都巨大，讓生命的存在，再微小也被驚喜的注視：那葉上的毛毛蟲、盆栽旁的小白蝶、黃昏的飛鳥、樹間跳躍的松鼠、

艾瑞克和魯卡斯被媽媽取名「鬧事兄弟」。

磚道紅背的小蟲、會跑的雲、路上的貓狗、十字路口小紅人小綠人、還有月鉤和星子……。

孩子隨著我認識世界，我也跟著孩子重看這天地，生命原是能相互滲透的，然而，讓衰遲的能活潑、寂靜的能新亮，讓所有固定平凡的都能轉個向度，走到人生順下坡的年歲，若沒有這樣的摯友，我怕自己是怎樣也無能爲力。

雖然兄弟倆閱讀時眼裡的興彩，不若胡亂玩耍時晶亮，但艾瑞克學會拼音後，開始自己逐字閱讀了，阿嬤說話發音沒準、用詞不精確，旁邊有人會出聲糾正：「什麼吃果汁？是喝，吃果汁難道是要吃杯子嗎？」

艾瑞克更小的時候和魯卡斯最近，都會在睡夢中呼喊過相同的夢話：「阿嬤，阿嬤，阿嬤不要走！」最近，我聽到艾瑞克在對他爸爸說：「爸，我昨天夢見獅子星、金牛星、天蠍星他們。」他們，是一群機器人戰鬥士。

現在我每晚九點離開的時候，用哥哥小時候一樣的哭腔在說「阿嬤不要走」的，是魯卡斯，艾瑞克眼裡雖有依戀，但用手語比個「我愛你」就算是完美道別。魯卡斯小臉貼在門邊，和阿嬤你一句我一句山歌對唱「Love You」、「Love You」，直到我走進電梯，電梯門緩緩關上，你都還看見「Love」走進來了，「You」

掉在門外。

艾瑞克和魯卡斯被媽媽取名「鬧事兄弟」，他們對此封號不置可否，面無喜色，但我們三人另外這個外號，是在我開車載他們上學途中，一票都沒跑，三人商量微調後，火熱通過的，我和我的二位摯友，艾瑞克負責拿雲梯車，魯卡斯負責拿水管，我負責發現火點，聽見大家的呼喚，立刻出發去救援，我們外號「打火三嬷孫」。

讀詩的那個下午，另有一首詩，我也偷偷記下了，是情詩或許無望，詩名「錯字」，錯字被發現的時候難逃被擦去的命運不是嗎？但那個年輕詩人說他希望來生是「**你詩篇裡的錯字**」，因爲「**但至少／我會在你謹慎的注視下／被溫柔地拭去**」。

摯友要長大，阿嬷要老去，我確知目前我是被他們「謹慎的注視下」，將來即便拭去也是溫柔的。這心情，我倒沒告訴我女兒。

我弟

——記一個存在過的名字

書餐廳的新書發表會，那花白髮的男子第一個來到，說從第一本書起就是我的讀者。他拿一本校友通訊錄指著色筆標線的我的名字告訴我，我是他高中母校的老師。

他問：「請問石德忠、石德孝和你有關係嗎？」

「他們是我弟……。」

「眞的！我就覺得——，對嘛！這樣的名字不會多——。」他顯得很高興的說：「我和石德孝同班，石德忠比我們高年級，那時候在學校，我們唯他們二人馬首是瞻。」

然後我平靜的告訴他：「石德孝過世了。」

後。

「怎麼會！」我總記得那人的驚呼，在臺北場的新書發表會結束好一陣子之後。

情緒如漪擴去散開，才能浮凸出清晰的倒影，我開始想著：這世上還有人記得我弟，我以爲，一直以爲，這是一個只有我記得的名字。

我小學中年級開始，中午的便當，是兩個弟弟送的。大弟將便當放在固定位置，會爬在窗臺東張西望看上課，小弟送了就走。那小學升旗時，班長都上前兩步立正筆挺站在隊伍最前，我是六年級的班長，只要稍彎身，就可以瞥到三年級的班長有大弟，一年級的有小弟。

很多事情及心情都得後設才眞正明白，發生當時都只是單一，得經過更多事情的聯結，令人恍然大悟的新意義才會清晰了起來。爲什麼我愛在隊伍裡偷偷用眼斜掠兩個弟弟，當然我現在是明白了的，從戰亂貧窮已走離的荒涼履塵隱約看得見薄明希望的年代，相對安定的公教家庭裡，多麼欣慰可感啊，孩子一個個的會讀書成績好。終其一生我們姊弟之間都沒有太多的親密互動，那時我只知道，在家以外的地方，我有看到弟弟，朝陽下，他們都明亮飽滿。

長大路途的漫長辛苦，多像一個個打來的浪頭，沒撲上身時誰能先做想像？而無非也是人之常情吧，那成長多多少少會要有的轉彎使力逆風冒雨，以及大浪來了就要頂。我弟弟們長大後都遠在臺北拚搏與生根，他們眞正發生過什麼我也沒機會插手，我是個嫁在娘家附近的姊姊，很多信息都由爸媽口中耳聞知悉，我們的手足情份於生命中絕對無可置疑，但關愛其實很難做到具體，平安順遂就是我全部的親情願許，然後中秋清明過年笑著迎接他們的回家和節後再離家，一次一次又一次，他們在其間陸續立業也成家。

大弟開車在車裡告訴我他有女朋友，我聽得出話裡那份鄭重誠懇，自己一人在後座偷偷的拭淚。小弟剛上大學，說起班上一個連名字都很可愛的女孩，他問我：「姊，我載她，她攬著我的腰，說這座位不可以載別的女孩，她是喜歡我吧？」我弟過世前幾年，我陪他去看失眠，其實心知他是憂鬱症的那天，在他絮絮的語言中，這可愛的名字重新被提起。無憂的青春微光，短暫而虛幻，但那時他還餘下什麼可以用以安慰失敗潦倒一如暗黑斗室的人生？

很多年前吧，我弟事業擺搖，婚姻開始證明初起的結合完全是場命定的錯誤。我告訴當時尚未出嫁的女兒：「將來小舅落魄又孑然一身，Ma 已不在世了，你記得每個月都要匯給他三千元，加上老人年金什麼的，讓他夠吃飯。」我女兒說：「好。」而她是個說到就會做到的人。

我弟終於不會再老。孑然一身倒是我的一語成讖。

混亂、失序、顛倒、破碎，那無可挽回的裂解，生命竟可殘傷至此？

我揣摩猜測著他的語意，了解痛苦著他的孤單惶惑，但也只能每星期五上臺北探望他，走向的途中，我得默讀心經一步又一步，我總是等到他下班，姊弟一起走向捷運站。我的車先來，我說再見，躲在柱後看他順利上車後，再等下班車前往我的去處，我不敢去想所有的可能，只想鬆一口也沒鬆得透徹的氣，一天又過了，我在車內疲憊的想，我又來看我弟一次了，而我弟在。

破碎語言中，我聽過一剎時清醒時我弟說：「姊，其實你不用這樣遠來看我。」「姊，我們可以住在一起好照應。」「姊，我也不知道自己怎麼了。」姊——

很快的，這樣的時光也消失，我弟開始不會自己搭車。迷路走失不只一次之後，就近照料他的我大弟，在小弟的衣服上繡上自己的手機號碼。我和我大弟，

臺灣 · 澎湖

我們都用很不完美妥貼的，彼此都不甚滿意的方式親愛著我們折翼的手足，而我們其實是一點辦法也沒有。

但我懂的，我小弟衣衫口袋上的一排數字，是我大弟的不棄與不離。

「我們本都是善良的孩子出門在外，被一拳打得四分五裂，就再也拼湊不回原來的自己。」我那麼愛著雷驤的這句話，從第一眼一直吟哦低喟到如今。

訥實口拙內向忠厚勤奮本分負責。在我還不會電腦的時代，我弟就已提著電腦東南亞一帶作生意，在很年輕的時候，我弟公教子弟毫無背景支援，有本事在大城市將成衣貿易經營的道地又成功，我弟為女兒可以一直開車兜風好讓她沉沉熟睡，我弟一直很認眞打拚自己的事業，也顧家愛家很想給妻女很好的生活，我弟一生都在追尋那他渴望有多深打擊他就有多狠的，那種很平凡的幸福。

我女兒聽我說簽書會的事，輕呼著：「怎麼可能？大舅是風雲人物我是相信的，小舅？怎麼可能？」

我告訴她，當年彰中和彰商兩所學校的男生，爲了女生相約打群架，連教官都阻止不了。「後來是小舅去斡旋才平了這大事件」，我說，「那年小舅畢業得了群育第一名。」

我弟是眞正的賭徒，贏的時候不囂張，輸的時候，安安靜靜。有人記得我弟，我一直以爲只有我。

在所有令人驚悚錯愕的命運來臨之前，我弟有過幸福吧，小康家庭的么兒，母親最疼愛的孩子，端正的學生，令人信賴的人，事業有成，生活單純，陽光下，和哥哥、姊姊站在一排，三個人都是班長……。

基本咖

咖、腳、角色，這詞語落在人們生活裡如此自然而不可考：A、B、C咖、好咖、壞咖、玩咖、球咖、漫咖、怪咖，社會咖……。網路字典的解釋很專業：加上形容詞指代的一類人。那我極力推薦一種——基本咖。

它等於同一陣線、朋友、伙伴又不全然，它和主體一體呈現，卻不是焦點，它是完成者，有時是助成者，它不見得取決成敗，但存在著溫度與分量。

那兄弟姊妹有等於基本咖嗎？我常聽到有高齡爸媽作壽日，兒女是湊不齊的，也聽過去處理小三的時候，姊妹三、四人同仇敵愾的氣勢有多火旺。

我只有兩個弟弟，一直不眞懂有姊妹

的滋味。倒是記得很清楚，小時候明明別人家姊妹先後來和你說了彼此的壞話，下一刻她們又聯合起來不跟你好了。當她們衣鞋一式，花傘一色走過你面前，回首睇一下你的時候，你總會有一種微妙到話語追不上的感覺，那感覺比孤單縹緲空靈，不如說是，喔知道了，有些人或許一輩子也不會擁有無論如何都有人站在你身旁的那種感覺。

長大後多多少少聽過兄弟姊妹如何撕破臉的事，文字裡的剖析揭露更不容情，白先勇〈遊園驚夢〉裡直接下的是「是親妹子才專揀自己的姊姊往腳下踹呢！」張愛玲筆下白流蘇、顧曼楨的命運，則都和姊妹之間的算計和被算計有關。

我一直不眞懂有姊妹的滋味，所以也不眞懂沒姊妹的滋味，不過，腦海中始終記得一篇文章，關於姊妹。

她妹妹很小就送給隔壁村殷實的人家。而無論住哪個村，到了讀國中的時候，所有人都得沿同一條鐵道走到學校，國三的她，知道那個和她常一左一右、前後走著的，從不曾互看一眼、說過一句話的沉默的國一女孩，是妹妹，也知道妹妹知道她。大學一年級那年暑假，她在土地公廟大榕樹下乘涼閱讀的午後，已就讀高中的妹妹遠遠騎腳踏車尋了來，對她說了一下午課業的各種壓力、同儕間的排擠孤立，妹妹的短髮飄在耳後，叉指交握的手搓動著不安，頭一直半低著，話絮絮沒停，「妹妹眞的很不快樂呢！」她心想。臨別她記得她對妹妹說：「別想那麼多，隨時來找我。」抬眼剛好看到落日又紅又圓的倚在村邊一排黃槐樹上，妹妹點點頭騎車走遠了，她看著那穿過染金田園沒到天邊黑點似的身影，直到只剩夕光。妹妹回去不久就自殺了。

許多年後，姊姊寫下這篇唯一一次姊妹晤面的文章。而我心中滿滿都是妹妹。脆弱純潔心靈，承不住鬱結難解瀕臨碎裂崩坍的前一刻，天地間求助無門或根本無能力求援的時刻，她想到的是，姊姊。卽便從無交集。

姊妹，是這樣的吧！或者我該說，故事裡妹妹孤絕時唯一的可信賴，於時光推湧長長世事的迢遞裡，終而演化成爲我對「姊妹」認知上的超現實投影。如果我將「基本咖」三字除去世間性絕美幻化，我想，那妹妹的情感在某一時空的剎那，就是在尋找心中的「基本咖」。

這些年，有些以我爲主體的文學活動，主辦單位提供的所有規劃流程之外，總有幾個人，活動當天他們一定充人頭，通常也都得早些到，活動中他們就在那很不注意聽的看頭又看尾，活動後我在爲讀者簽書，他們就在那煮咖啡、唱民歌、收書錢，活動正式結束，他們就在那收器具排桌椅。

是朋友沒錯，但友情的形式可以很多元，兩肋插刀的、默默關心的、中肯眞誠的、協力共事的……，但朋友不一定每次都要來捧你的場子，不一定要走成凡你就一定掛著我的模式，不一定要如此檯面、如此明椿，如此理所當然。

不必多說什麼，就是事情來了就上的簡潔爽利。那一年，我常要從臺中遠遠去到烏來福山部落，探望病重而在那孤單生活的親人，基本咖也陪著我輾轉換車，或者親自開車載著我沿山崎嶇而上，我帶著生日蛋糕去，也因有她們在一旁拍手大唱「祝你生日快樂，祝你生日快樂」而稀釋去一路隨我迤邐而來的埋很深的悲酸淒涼。

我的散文集《火車經過星河邊》問世那一年，基本咖每人買十本送人不說，新書發表會地點目前共計：南竿、北竿、臺中、臺北、彰化，預計還有臺南、高雄……，去天涯去海角都一樣，場面冷暖也都無所謂，因爲我有基本咖。

掌握不到它的流變沿革，也整理不出邏輯理則，眞的很難爲「基本咖」下明確的定義，拋扔去給時光大化吧！宇宙星塵浮凸起一幅圖樣，我覷眼看去，雲天裡出現二字竟是「因緣」，那，就一定是這樣。

我的遺書練習曲

冬近了，要開始進入暮鼓急催的年終預備式了。

最近讀完的是一位殯儀館接體師寫的《比句點更悲傷》，剛獲贈的雜誌，本期主題是「遺書練習曲」。那位接體師看盡生死，說自己最希望的是「不帶遺憾進棺材」，而我自己一直規劃要去日本鎌倉的原因，是爲了訪小津安二郎的故居，更主要是想看圓覺寺裡他墓碑上那個大大的「無」字。他總是能將留白運用得那樣恰到好處。

小津忌日與生日同一天，六十歲辭世，小於我現在的年歲。因爲風，因爲冬天，因爲最近的閱讀，因爲不知遲速，死有時，我打開筆電，Key鍵盤如有神，稍修潤一下，便寫成我的遺書練習曲，家人的另備，這一份我這樣寫：

七七內，大家約好一天就來我家，沒告別式，請勿拈香。

就穿你最愛的服裝，最強的打扮。不必只有黑啊白的。

如果有音樂任何一首都可以。我沒特別愛聽那一首。

如果要唱歌就備小抄唱完整，別一直漏詞，會搞壞氣氛。

如果開著電視，就還是固定在我當生活背景的政論、談話性節目那幾個頻道。

咖啡和茶是一定要有的，手搖杯就買無糖去冰冬瓜檸檬加珍珠。

我的著作全都攤在客廳桌上，我的一生都在那兒。你可以翻開有提你的那一篇，或者你會落淚的那一段，你們若能朗讀那就更好了，但我沒標點的長句你可得一口氣讀完，別老是聽信一句不超過幾個字的說法，那是我表達情感跌宕的必要節奏，請你寧可窒息也不可以換氣。你若從沒讀我的文章也沒關係，雖然你錯過真正了解我的機會，還好我們沒錯過當朋友。

我會有特別牽掛的人，牽掛必因緣深，那下輩子我和他們自然會再見面，只是大風吹換位置而已，那這事也就構不成真正的牽掛。

而以我的個性，你們是知道的，絕不會牽掛朋友，但我全記得你們曾爲我做過的：紅包、白包，包辦我的簽書會且場場都來捧人場，我的書一買都十本，我不接手機你們不見怪，臨時想約個什麼我都不會在家，送東西都放管理室從不想上去坐坐聊個天……，想想，我眞不是一個好的朋友，所以我對你們說：「謝謝。」是全然的眞心還加深揖合十，謝謝你們不知道欠我什麼今生得這樣償還我。

我早就任何時候離世都無憾，此時此刻不過是剛剛好的這時這刻，所以淚水和感傷都太多餘且無效，你們只要像平日在我家那樣，泡茶喝咖啡且無限續杯，笑著說些無足輕重的廢話，數落我勸不聽少喝幾杯手搖杯可能可以活得久一點，想搶著進廚房洗杯碗都被推出來。但今天就眞的得讓你洗。

我不會掛念你，只是我曾經不如你意、做少了的地方，你一定要聽見我在對你說：「對不起，我一定是無心的。」

這世界，也不見得有多美好，但我會跑著再回來，現在不過是暫別一下而已，二十年後你八、九十幾歲了，捷運上彈跳起來讓你坐，背著機器人手持遙控器的那個帥少年，可能就是我。

沒人會再說我壞話了，不純粹因爲死者最大，我想我做人應該還無可厚非，但你們可以幫我發聲一下嗎？現在時機最適當。請你們一定要告訴還在溢美我的那些人，說我平生最愛聽人家讚我的就只是「善良」二個字，說我當然不會喜歡別人對我胡亂的臆測與論斷，但別人替我大抱不平，我也一樣不喜歡。

如果我從未設想過要得到什麼，又怎麼會有沒得到的憾恨與不平？這一生我有過最珍貴東西的獲得與失去，失去與獲得，人生打平剛剛好，表面張力已大到多一滴不行少一絲也是的恐怖平衡狀態，你們大家說，還有什麼會是我需要的？

就這些，我沒開口說現在已開不了口說的，請你們一定要幫我說。

之前很多人際種種我都不太想知道了，何況是以後，你們不必再企圖通報我這世間的任何訊息，也別說偶爾還是會想起我，如果一定要想，那就用空景，你讓腦海浮現我的美村路或忠明南路任擇一都可以，空景，能將記憶拉得更長、更無限。

我一向都在那兒的，起落浮沉。

陽冥有隔，我們各有不同情節在走，各有陰陽日子要過，這才是最實在的事。平日我幫你的本來就不多，此後我也就再也不會要麻煩你們了。

記得臉書幫我關掉就可以了。

我發現

去新竹，在文藝營講了「發現」。結論是一樣的瞳孔，也能從原本熟悉的舊事物發現層層的美與新意。

回程的高鐵上，完成責任的鬆懈感中竟然漸漸浮凸出一句：那你有嗎？從原本固著既定的事物重新發現美？

有一種暈眩叫一直「ㄆㄧㄢˊ」過去，止不了抓不住朝一邊傾過去。我發現，人的執念就是「ㄆㄧㄢˊ」。

那一陣子，我一直要再去烏日羅布森書蟲房的念頭，就是「ㄆㄧㄢˊ」，只爲了一本書。我演講、簽書會都說了一個故事，那故事就在羅布森書蟲房進門直走，右側那一面書架上的一本書裡，當時，我沒設想後來會用到這故事，所以沒買這本書，連書名也沒記住。

有一次有急事路過附近，我央請開車的朋友特地繞過去，結果書房改裝潢，右側沒書架了，當天老闆剛好不在家，我火速尋找，沒找到書。

後來我靠自我對話止住了這念頭：

「其他故事你不會這樣。」

「這故事——，該要有取信度吧。」

「爲什麼？你認爲它很特例？」

「也不是——。」

「你自己相信嗎？」

「當然！」

「那，爲什麼你相信？」

「——。」

是啊，我一直相信人性有善也有惡，我們常在兩者間游移所做的選擇是——這時候，你要往哪邊靠近一些？在特殊時空，人性的考驗度會更嚴苛，如此而已。

那故事是二戰期間，住在上海的一位外國女子寫的回憶錄。那時她很年輕，已過了宵禁時間，她忐忑不安，暗夜裡獨自騎單車回家，經過兩旁斷壁殘垣的街，窄路迎面兩位喝醉酒的日本兵，她逃不了，正在拉扯間，突然有小石頭投向街邊樓窗的「咔嚓」聲，日本兵本能的停止動作，轉頭往高處一看，這外國女孩耳邊出現小聲一句：「還不快走！」就這千鈞一髮之間，她跨上腳踏車沒命的逃離。

當時，一整條淒清夜街，不，是一整個天地之間，沒別人。是另一個日本兵擲的石子，低聲說的話。

迫急性特殊時空那一刻的決定，絕非即興偶然，必然得是生命內蘊的呈露，那麼，除了我主張的「日常的教養」之外，應該還有更牢固本然的根源性的東西吧？站定善、站定惡、靠近善、靠近惡……？

二〇一九年夏天，我去澎湖馬公市，專程尋訪高悟晉先生。六月十七日平面媒體報導一則新聞，兩歲幼童落入歷史景點四眼井，高悟晉跳下井救出小孩。

明朝古井，近六公尺深，有四個圓形汲水井口，井口約莫一個鴛鴦火鍋那麼大。我問：「跳下去那一刻？」

高悟晉說那天下著微雨，忽然聽到外頭高頻喊叫與哭聲，「有小孩掉進井裡！」他衝出家門，一片手電筒手機的光點搖晃中，縱身跳下井：「我一點都沒想什麼，跳下去那一刻，耳旁聽到旁邊有個婦女在喊不要跳。」

他用後設的角度補充：「我想這和我擅長游泳，以及從小在中央老街長大，很熟悉四眼井一定有關。」

「真正感到慌了一下是跳下井後，一片墨黑什麼都看不見，還好我一伸手，就撈到浮著的小孩，接下來的問題是如何上得去？」

「剛好井裡垂了上次修井留下的一截水管，有了支力點，我將孩子背在肩膀上，攀著水管，奮力將他推上井口。」

小孩沒聲息了，遊客中有人懂得CPR，就地急救，好不容易小孩動了一下、翻白眼，當吐出一口水「哇！」的哭出聲的時候，消防員剛好到來，緊急將小孩送醫。

這事上了報，在文化局工作的高悟晉也受到縣府的表揚，群組的朋友又是呼「偶像」又是稱「英雄」的，高悟晉說：「真不習慣，感到很不好意思。」我問後來，高悟晉說沒什麼特別心情啊，一定是我的眼神太認真，他想了一下回答我：「我當時心中只想到，人救回來了。」

不過，有件事他很難忘，局裡有家庭擴大就業的扶助專案，對象是弱勢或殘

臺灣・澎湖四眼井

障家庭，有一位接受扶助在局裡短期工作的同事，平日與他沒交集，有一天遇見他，突然對他說：「謝謝你。」

「謝什麼？」他問。

「你為澎湖做了一件好事，救了一個小孩。」

不加思索的縱身去做，做，從開始到結束，沒什麼特別的感覺。道德被拿做規範來定義，自有它的社會意義，但道德的一個境地，只是心安，但心要怎樣才能安成這樣？除非是本能？我發現，行善，是人的本能。

所以，不必問卷調查、數據統計，沒經曲線落點、科學實驗，有個叫孟軻的哲學家，幾千年前早就說了：

惻隱之心人皆有之。
羞惡之心人皆有之。
辭讓之心人皆有之
是非之心人皆有之。

人與生俱來的善良天性，落地卻未必能萌芽、長苗、結實，所以它們只能稱爲「四端」，端，善的小小的毫尖，下一步才是正負善惡的江湖，但無論怎麼長，即便面目全非種籽已死，也原是「人皆有之」。

孟軻爲惻隱之心舉的例子是，看見有小孩將要落入井中，爲什麼你會由衷大叫，企圖拉住，不爲任何理由，你就是會不忍心。我發現，七十多年前上海夜街的一聲「還不快走！」也一樣，羞惡之心，人皆有之。

搭高鐵從新竹到臺中，連打個盹的時間都不夠，我凝視窗外，想著「我發現」，車過山洞，我近到鼻觸的看著映在車窗的自己，我聽見在對自己說：你一定要好好的再多去教幾場文學營，再去教人如何發現與感動，再去由別人的故事不斷印證自己相信的眞理。

收藏

「題目是談你的收藏品」，主辦單位手機中講了演講題，我才開口要拒絕，聽他接著又說了：「或者，第二個題目是，談你心中收藏的作家。」

上半年的行事曆已排得過滿，卻還是接下這場演講。路，是自己走的，人生誠然靠自己，但還有，那時空交錯的生命契點，適時出現的一些人。

到了回首比前望更長的年歲，經歷過的種種都可考慮或卸或放或多少卸下放下，只那些沒能好好說得完整，說與不說其實也沒那麼必要，卻真實具體在你生命中帶來改變效應，這份影響且愈往前走離得愈遠反而愈清晰的那些人事，因從沒緊緊攬過，反而無從卸下放下。

收藏，對從沒有收藏品的我而言，就是用這樣的形式，不濃不重，一直存在心上，不會消失。

1

一九九〇年左右，我是副刊的投稿人。手寫稿的年代，捨不得稿紙有摺痕，我總是以牛皮紙袋平平整整裝進稿子，並附上回郵信封，再夾上小紙條：「編輯先生：若不適用煩請迅速退稿。」副刊編輯通常是已成名的作家，在那年代，真宛如天邊明亮而遙遠的星星，沒人妄想過編輯會特別注意自己。

沒特別記憶的有一天，我拆開的信上寫著：「我很欣賞你處理稿子的方式。」署名——是大報副刊編輯名作家！即便也會退我稿子，但他沒簡省掉一句眞誠的讚美，他當然不會知道，對一個剛發現自己能寫會寫，正對寫作瘋魔的人，編輯親筆的回信具有多大的波浪舞的激勵力道。

我寫得好的稿子，他一星期就刊發，去參加文學獎的作品，沒得獎，但他會寫信告訴我，有進到決賽層，他用一個看稿選稿嚴格把關者的角色，不動聲色的告訴你：你是可以寫的。

後來我躋身文壇，與他之間是沒多往來也不必多說話，他找我的事我必幫，我找他的他也是，那種男生打籃球不發一語也可以交結的情誼。後來，我們同住在一個城，我有時會在巷口看見車體印著孟瑤的公車經過，更早些日子遇過的是廖玉蕙、蘇紹連，我有時去第五市場買菜，愛踅去坐一下臺中文學館的老榕樹下，大小塑膠袋放腳邊，喝著烏龍綠茶，看小孩在墨痕詩牆邊跑來跑去，拍照的、乘涼的、路過的人走來走去，周邊的木造和屋靜靜，老榕樹氣根一株株垂成小樹林，掩映那悠緩走過的時光與民生。

這編輯不必再審閱我的稿子了，這些文學日常現在都歸他管，他負責這整座城的文化大業。他是路寒袖。

2

一個正在寫稿或備課，孩子已上床睡了的平常夜晚，我桌上的電話突然響起；用回首的角度來看，被那突來電話鈴聲音頻波動起的，其實是我的整場人生。

曹又方是當年暢銷書女作家，我心目中永恆的美神，打電話給我的時候，她用的是出版人的身分。她在小說刊物上閱讀到我的作品，雖然她輕輕仍說了一句：「小說不是像你這樣寫的。」但她要幫我出書，她說：「妳儘管寫，性質相同的集結後就出書」。

投稿是自我實踐與發現，刊發是肯定與共鳴，那出書是什麼？對我而言，是一場連邊兒都沒的，直接跳過築夢作夢就要成眞的不可置信的事。我因爲從未有過設想，遂也忘記當年是用怎樣的心情去迎接，只記得不久後，我得了國內一個散文大獎的首獎，一九九三年順利出版生命中第一本書，我生命中於焉正式多了個「作家」的身分。後來，我陸續得獎，也得到二〇〇〇年臺灣文學獎小說首獎，心底的一個角落，都存著一種終不辜負的感覺。

曹又方敏銳爽脆，像從紅樓夢走出來的美麗女子。罹病的她，在二〇〇一年爲自己辦了臺灣創學的「生前告別式」，這本然就是她一生獨特而淸醒風格的延伸。我沒被邀請，聞訊從臺中趕去，在座的人一一上前與她話別時，她直視我說了句：「妳也來了。」二〇〇九年，她辭世。

小說該怎麼寫？我曾對她說過感謝嗎？她精彩的事業及人生中，那天晚上打去彰化的那通她恐怕不會記得的電話，究竟影響造就了什麼……？全都落在無歇無止無盡的因緣流轉裡，漩飛遠颺如一粒粒瞬間寂滅的宇宙星塵，只留一個仍在創作的我。

3

我臺灣文學的眼，是彰化作家李篤恭教我張的。

我當了作家才學當作家，從沒有作家夢，從小也並未特別爲文學而蓄積什麼，成爲作家歸屬文壇後，眞像更上一層樓，境地視野起了變化，生活焦點集中，放大了讀書與寫作這件事，也自然而眞切的覺察到人與土地這層關聯。危樓高百尺，手可摘星辰，生命到達一定的高度，和明亮的星星就靠近了。

臺灣・彰化

二〇〇五年李篤恭過世，二〇一三年五月他兒子爲他設的臉書上寫著：「做了個臉書來紀念你，有沒有人來看……隨緣囉。」

文壇的獨行俠，被遺忘的作家，似乎就是這位臺灣文學老作家的簡筆概括。寫詩、小說與評論，一生懷抱淑世的熱情，擁有自己獨特的文學觀，無論立論或作品風格，百度百科這樣寫他：「似乎從未有過受時代潮流擺盪的痕跡。」

我們見面的次數並不多，我都稱他「前輩」。李前輩極善說，二二八事件、白色恐怖、彰化天公壇文化協會辦演講、紅磚牆猶留機槍彈孔的小巷、他與母親、他與賴和，還有疊印他生命的八卦山……，出生在「世界的大悲劇和大動亂的時代」，他現場親歷的故事，往往用來補遺我閱讀的臺灣史事，也供我側面書寫了大時代裡個人的小故事。

以他當年的社會地位及文學條件，應該與「獨行，被遺忘」不會相連，這讓我從李前輩身上，思索過命運與個性交互作用的命題，以及一顆敏銳心靈在貧窮、饑餓、疾病、不公義等充滿嚴酷生存考驗的苦難環境，那刮過的痕路，終成銳角。

知道臺灣事與不知臺灣事，對我個人生命而言，具有意識型態與感性傾斜上理性持平的作用，這種平衡帶給我的，是能對歷史有更寬大的視角，對人，起真正的同情與悲憫。也許更多的因素終使臺灣文學理當得其分位，但我收藏著的，是一位文學老前輩，談論起熱血孤注的往事，臉容鑿疊如刻的紋摺，和那從生命底層燃亮出來的眼神。

4

二〇一七年大年初一，我在臺中惠中寺偶遇作家言叔夏，迎送匆忙間，我說了句：「有一陣子，我受過妳的影響。」多麼標準而空虛的一句寒暄話，卻是我很難在乍見面場合說得清楚的，道道地地的真心。

我有一段必須與自己不斷對話的日子，我從自己的軟弱畏怯挖泥掘土，直直要探到熔岩的地心。那陣子，我大量閱讀散文，好幾個六、七年級女作家作品，讓我喜愛不已，她們共同有種神態是坦澈澈面對生命中曾有的，大多數女生被教會自動要隱去的灰與黑，包含房間有多亂，生活的邋遢無序，人性沒發光的那區塊，還有與家人和與自己需要的一些和解，就以一種我橫豎就是這樣的獨立姿態。我在她們個人感鮮明，有些恐怕文風都走得古怪的篇頁面前，數度鼻酸眶熱，字裡行間我彷彿看見一個矇矓的少女身影，那是走遠的、我自己都遺忘了的那個，敢不馴的我。

這人生我一路走來，常民又不典型，平凡又不徹底，常在當自己又當不成自己的矛盾二造間彆扭突梯得結果兩者也許都得罪，後來，面對生命的大崩塌，從另一種觀照看，那不啻就是可以決然重建的大氣魄？親證過絕滅的人，會有再難動搖的清澈覺醒，那個年少的女孩，踮起腳附在我耳邊堅定對我說：「你以前不是這樣的。」

於是我在篇章中寫下：「這幾年發現很喜歡的幾個年輕作家，柯裕棻、黃麗群、李維菁、房慧真、言叔夏，一個比一個還要古怪，並且站出行列說自己就是怪不然你是要怎樣。」接著我寫：「晚生二、三十年，我就是她們。」

老友渡也近日 Line 我，說我書寫語言、表達策略、思維都與從前不同，我是這樣回他的：「我的內在不同了。」

生命與生命會映照。

那麼，我必然也要說到，那時刻郭強生在報紙副刊寫的專欄。他將親情疏離、家人離去這生命底層的悲傷感，用深細的文字不斷不斷撫慰我一意也能堅強卻也仍需舔舐創傷的孤獨心靈。

送走至親，他說出他者無法體會的「被遺棄感」，他和我一樣感到必須承認父母給的那個我們終身繫念的家「是完了」，他和我一樣這，他和我一樣那……，原來有人如我的際遇懂我的心，有人和我一起走過一樣的路。

或者，生命是類型，不是個案，縱身大化，沒那些眉眉眼眼的，無非就是同一軸心漩出的渦流，只分這一區與那一區。在生命極孤獨的時刻，郭強生的文字讓我感到，我內心所有不足爲外人道的感受，都值得認眞，悲傷不孤，有鄰。

5

然後，因緣際會重拾《紅樓夢》，在生命的這個時空點。

不只是賈寶玉，全書是好些人生命悟道的過程，全方位演示著生住與異滅；這人人都不肯正視的生命的眞實相貌。最繁茂錦盛笙蕭繚繞纏綿緊促衝霄，雲天深處急轉直下就是一片悲淒衰哀，這其中幾經彎轉實證，就屬寶玉的悟程最完備，紅樓一場綺麗夢，夢覺，他了卻俗緣，雪地裡四拜親恩，一問訊，光頭赤腳朝白茫茫曠野走遠，消失。

書裡書外，人人都是小紅樓，我讀大觀園青春盛美，眼前老梗著一片白茫茫雪地，讀後來的涼天衰景，眼前又老是對應那詩社燈節螃蟹宴。《紅樓夢》一書老早就在那兒了，怎麼我在人生中仍徬徨困疑這許久？答案老早就攤明在扉頁裡的，怎麼我還蹙眉耗神的往外苦苦尋索？或者，這樣才是一場眞人生吧！二十歲、四十歲、六十歲，聽雨、覲月自有不同境地，於是《紅樓夢》也是青埂峰下的千年守候者，守候翻開它的人，用自有的一段心路自有的一場人生去印刻，去眉批，去增刪。

曹雪芹這作家，該是我完全不自覺，現在才發現的，從年少迄於今，安放了一輩子的收藏。

跨度

臺北捷運淡水線可以到臺北車站，但我常愛前一站臺大醫院站就下車，步行經過二二八公園，走沅陵街，逛城中市場，出來武昌街走過明星咖啡，拐過昔時的周夢蝶轉角，再朝臺北車站走去。前些年來臺北探望生病的弟弟，就是這路線逆著走，行經二二八公園再走到臺大醫院站搭捷運。

那些年的心情我始終是明白的，沉默感受著腳步足音，總愛先在市場買些東西，其實要被滿足的是對沉重的惶恐，世上總還能有付出便得到的快意，乾淨俐落的完成。這路線是我舉重之前的大口喘氣。

最近重行這路線，要搭高鐵回臺中，

臺大醫院站就先下車，只覺夕照映紅了公園，樹影扶疏，小橋亭臺都臨水靜美，走在重慶南路上，清晰嗅到大臺北老城區，樓與樓屋與屋之間，再怎樣也留有的繁華中的舊氣息。弟弟去世近兩年了。

景物一無改變，心，隨際遇不同而轉變了。

我教蘇子由的〈黃州快哉亭記〉不下十幾二十餘次吧！「使其中不自得」，去哪兒不憂愁呢？「使其中坦然」，去哪兒不快樂呢？一個人的自不自在、快不快樂，完全不在於外在條件，都由於「其中」，都取決於「心」。子由說保持心的坦然，那是連際遇的順逆悲喜都無傷的境地。這些我要到今天實證了，才切身的眞懂。

這椿「眞懂」，也使我想起佛家的心如如不動，不隨外境起伏搖擺。那麼，心要如何才能坦然、如如不動？這一點，佛家倒比文學家多給了根源性的解答——將世間一切當成夢幻。

而我感悟到的是，坦然、不駁雜、不搖擺都需要過程與歷練，人生需要拉得長一點，長到能拋高，彎成弧，有了跨度，然後隔岸回頭，才能將對岸眞景倒影實實虛虛的，一併看得淸楚。

臺灣 • 臺中

是這樣的吧！距上次讀《紅樓夢》已十幾年，近日重讀紅樓，字裡行間盡是新心情，是知道衆人結局的重讀，讀到的每一處繁華熱鬧，愈熾盛就令人愈想哭。林黛玉我依然深愛著的，卻一點都不討厭薛寶釵了。被當成一生職志就是處心積慮成爲寶二奶奶，這句話還眞是窄化低估了薛寶釵。

她哪裡是「不干己事不張口，一問搖頭三不知」溫順沉默的人，我見她解偈、談藥、說畫、評詩每每落落長，對賈寶玉可眞會講大道理。她是衆女子中最博學的，罕言語是她的見識，她對人與人之間那些口舌八卦的事毫不關心。

出生富商家庭，從小讀書識字，突然父親過世支柱塌倒，哥哥又擺明的絕不會成材，她頓時覺知自己沒什麼條件去任性的發展自我，收起旁枝末節回歸當時的主流正軌，她於是「不以書字爲事，只留心針黹家計」，嚴守倫常分際，當然，嫁個好人家，也正是她這樣出身女人的主流正軌。

些微飄忽浪漫的想像都不殘留，不給情緒化絲毫容身之地，這是寶釵自己與整個薛家安身立命永保盈泰的唯一正途。

多合星雲大師說的一句話：「在每個當下的清醒。」

面對死亡這件事，尤其顯發寶釵的清醒。

感性是被受肯定的柔軟慈悲，我自己四處談文學或人生，也一言以蔽之：生命之道無他，唯理解與同情而已。但感性若用在不濟事的當兒，不帶有建設性的同情，不也就是一種虛耗與浪費。

王夫人因攆走金釧兒以至她投井自盡而不安，有人總認爲寶釵是討好王夫人才說些玉釧兒是失腳掉下井裡等話，但陪著懊惱追悔有實際用處嗎？還有什麼來得比妥善撫卹以補贖愧疚更重要？而說這些善意謊言的時間點，她還不知道眞相是賈寶玉闖的禍呢？

一樣的風格也用在聽聞尤三姐自刎的事。「『天有不測風雲，人有旦夕禍福。』這也是他們前生命定。」寶釵說。她要薛姨媽不必在此事多膠著，快點去酬謝那些才陪著薛蟠回來，一路辛苦幫忙做生意的夥計才是。

大家都將林黛玉的死訊，瞞著辦完婚事仍瘋瘋傻傻的賈寶玉，獨寶釵當頭直說，讓寶玉一痛決絕，神魂歸一，死去又活來後，終也「仔細一想，眞正無可奈何，不過長嘆數聲而已。」

寶釵從不爲死亡傷感，因爲她明白死亡，而明白死的人，必因爲了解生。

十五歲生日那天，這女孩已經凝目在「赤條條來去無牽掛」的生命本質了，那時，園子裡的女孩都還在混沌世界，天眞爛漫之時，林黛玉走過梨香院，正爲「如花美眷，似水流年」而心動神搖。

閱讀間，我想著寶玉出家後，寶釵會如何？這樣主流正軌、當下清醒的女子？《紅樓夢》草蛇灰線、處處疊影伏筆，我腦中閃現李紈與寶釵影像疊合。

果然在第一〇八回，抄家後另一場寶釵的生日，出嫁回來的史湘雲發現什麼都變了，一場家業零敗人衰亡的大風波中，變得最荒涼的是王熙鳳，其中倒有兩個人，一個「他有的時候是這麼著，沒的時候他也是這麼著，帶著蘭兒靜靜兒的過日子」，一個「頭裡他家這樣好，他也一點兒不驕傲；後來他家壞了事，他也是舒舒坦坦的。寶玉待他好，他也是那樣安頓；一時待他不好，也不見他有什麼煩惱。」

李紈與寶釵。後來？後來寶釵當然是安然的持家教子，那孩子會有出息的，寶釵也會披上鳳冠霞帔。賈母說了，經不起風波的人是小器，我看寶釵，多麼清醒大方。

我讀懂寶釵以及更多，書上畫的重點的頁也與以前不同，後四十回的優劣隱約有所感，私心感到移花接木冒名代嫁，恐怕並非曹雪芹原意。

經典耐讀，緣於心境不同，看世事當然也是。賈寶玉第一次夢遊太虛幻境看不懂的，第二次去就全明白了，死命想記住家裡這些女孩們的命運。他的生命有了好大的跨度。

拋高，彎成弧，宕下，形成跨度，然後站在同一水平視線，開始有了隔岸觀看的靈慧。生命中發生的事，個人的根器悟性，還有那一點一滴累積的時光歲月，都是形成跨度的質材，而生命別白活，說的原來是這樣。

我的除夕
初一到十五

我想，我是個過年會被想起的人。大家口沒開也會念頭一閃：「她一個人怎麼過的年？」這讓我想起小時候除夕夜，來在家裡與我們全家一起圍爐的，就是與父親一樣隻身來臺，沒成家的幾個光棍同袍。

年節的熱鬧好似會將獨自生活的人襯得分外孤單，其實，最深細銳微觸動人心的反而是一般人無法設想到的細節，愈日常愈生猛。團圓感猝不及防撞我一身，是在一個平常日子的近年，我外出，一帶上門，轉身在樓梯間聞到的一片排骨蘿蔔湯氣味，空氣氤氳著微熱氣息，大骨熬湯的香鮮勻著蘿蔔撲鼻的特殊清新——好熟悉經年卻無由晤面，以爲不相涉了卻相顧凝睇的隔世感覺啊！那是往昔數不清的這一日那一日，小火大鍋，人影起起坐坐，騰騰熱著的一桌菜、一家人。

過年並不會襯墊孤單，因爲這個日子，自有它無可取替的意義。管它是獸、是關、是節氣換轉，還是華年再增，無論如何它都意味舊的從此去，新的從此來，是那翻頁重寫的嶄新扉頁，用一大片純白專只等待你大器落筆。而閱歷多或體悟深了的人總明白，去舊比迎新來得踏實，那缺失的遺憾的晦氣的蹩腳的種種不順，用力按個鍵盤Del，啪，到此爲止吧！

新的一年是復始，得用很衝氣的喜感來攬熱討吉利，所以無論一家子人或一個人，我都會在過年前一週，就將門裡門外紅的金的、貼的掛的，布置得富貴迎春福氣滿門，一直要到元宵過後才會拆卸。

我愛日常，也深守過年的意義，深守過年的意義，也是我的日常。

都說年初一早晨宜進大廟，可以祈來一整年的好運。這些年大年初一，我愛來惠中寺，這兒年味十足，淑氣款款，還備有上好茶席，彼此拜年、品茶、談天，大殿還有祈福及開示。住持覺居法師早就對我說過，「不只大年初一來這兒，」她心繫我獨自一人，不只一次叮嚀我：「妳也可以來和我們一起除夕圍爐啊！」

我從小熟悉的圍爐年菜必定有母親親手製作，我心裡迄今無人可出其右的香腸、臘肉與水餃，嫁到夫家才首度驚豔於烏魚子、鯊魚煙及魷魚蒜。夫家在除夕下午，要幾個人聯手捧菜端盤的上四樓神明廳祭拜公媽祖先，而父親總是在年夜飯開動之前，昏暝天色下，獨自蹲在門口靜默的燒金紙。

每年除夕中午，我都回娘家先和家人小圍爐，這不知是如何形成的習慣，隨時中斷停止都無妨，反正我是嫁在娘家附近的女兒，回娘家像在走廚房，但這習慣行之經年從不例外。我想，大概是我初嫁那一年，丈夫體貼我除夕夜首度不能和家人圍爐的失落，便兩全其美的中午帶我回娘家團圓，晚上再回婆家圍爐。

這些年的團圓飯，我去的是我女兒的婆家。懂事的女兒出嫁了，除夕夜怎會不牽繫我的獨自一人？那我就人家一叫我就忙不迭立刻點頭說「Yes」吧，既安了這對年輕夫妻的心，也可以和親家全家人歡喜相聚。姻親，也有個「親」字，不是嗎？第一次去的那年，飯畢親家公走上樓，下樓時手中扇形開展一包包紅包，見者有份，他一人給一紅包，包括我在內！唉喲，這怎麼可以呢！不拿才合理，但有時；年夜飯的開心極致，以及親家母對我的眨眼示意中；拿，更有禮。還好，隔年我火車控金孫出生，紅包便順理成章轉到他手中了。

疼愛，很抽象，丈母娘該怎麼當，也沒有必勝手冊，對子輩會罵人會訓話的我，最好是別對女婿「別人家兒子當自家兒子」，那麼，話不必多說，年夜飯，這麼特別的時刻，我歡頭喜面踏進女婿家，就是一切的言詮了。

到了一定的年齡後，好友中不少人的父母都相繼離世，年初二女兒回娘家的日子，便從熱切期待突然抽離成眞空，於是，我對這些孤兒們說：「那把我這當娘家吧！」每年年初二中午，我或訂桌或Buffet，無論外頭世道如何或個人際遇怎樣，在這樣一個特定的日子，女兒們有家可回，是我心目中人世間一等要緊事。

臺中・菩薩寺

然後，初五過後到元宵，擇個日子，我便上佛光山。

我當這是一種儀式了。

簡單的、紀律的過生活，認眞完成手邊事，我一直是專注當下，性靈常感富足的人，但我還知道一種感覺，那是個大背景，天生不安全感的我，恍惚中的微妙需索。

元宵前佛光山上有花燈、煙火、牡丹花展、各式表演、嘉年華會，上山的遊客川流如織，輪椅的、步履蹣跚的、娃娃車的、扶老攜幼的，黃髮垂髫並怡然自樂，我那點沒有也不影響但先天存在的微小企望，我想那叫做晏平感——在一個盛世歲月大背景下，經頌佛樂滿山，舉目可以放遠，天高、地厚、山定、水長，而人間皆安。

所以我歡喜在熱鬧的春節獨自行走佛光山，摩肩擦踵間感受無距離的佛法人間性，在山上，我心又安又靜，連稿子都寫得很勤很猛。在超越與尋常之間，我的動能一點都不吃力的自然補充並淸澈流動，我都這樣開始我的每一個春天。

她一個人怎麼過的年？安啦，我的除夕初一到十五，吉己吉人，旺氣好彩頭。

富貴寶

富貴寶，是我的車。

大白龍、綠騎士、藍天使、鈦星，到我女兒的妹子、熊寶貝，我女婿的閃電俠，你都可以猜到，莫不是以顏色就是以品牌去命名的相關性。但，這「富貴寶」究竟是怎樣？

是在我先生養病最安穩的那段時光購買的，這命名的原因想必是當時我對家人一份最深、最眞、最全面的寄盼與祈祝。

富貴寶是二〇一〇年出廠，福特 i-max，黑色五人座類休旅房車。聽說從前的警車多用此型。以整體外型而言，i-max 車門打開，走下車的那雙鞋，合該是眞皮男鞋、軍警綁腿靴、汽墊高筒球鞋，但我家富貴寶，鍾愛他的男主人只開了不到一年就過世，此後，走下車門的是一雙拇指外翻夾腳涼鞋、船型底高跟鞋、氣墊拖鞋、BAW 足底筋膜炎專用鞋，因車門稍高，下車時那雙鞋踉蹌兩下才站得穩的機率還蠻高的。

記得我和女兒吵著要選灰色，男主人微笑不語、不為所動的選了黑色。我停車技術不好，常見車街邊停車格整齊如伍的一排停車，大喇喇歪出來的那一部，總是富貴寶，但因由黑色獨有的氣魄，便好像擁有一種任由他耍老大吧的特權，若是灰色？灰色眞的比較會有被群毆的想像。

現在的富貴寶，車前板略鬆垮，左車身從前門到後門長長一道擦傷，右車身零星小挫傷，常趁下大雨才洗澡，車後座占了兩個汽座，副駕座放了書、外套、小玩具，行李廂還載有一部娃娃車。上次聽朋友提起去高鐵接林昶佐立委和助理的事，我說幸好不是我去接，兩個人搭我的車，一定得有一個屁股只沾到椅沿，弓身窩縮在兩個汽座間，管他是何等帥哥名人或貴婦。

不過，八年前，我和富貴寶去臺中高鐵站會面點三接人間福報的妙熙法師，入座後，妙熙法師對駕駛座上的我驚訝的說：「我還以爲你有司機開車。」這句話足可明證，我的人與車，原皆體面而氣派。

我們開著車，總愛數說著車的性能如何，車，其實不也敏感而沉默的在感受著開車的人。踩油門的猛與遲疑、踏剎車的銳與躊躇、路徑流暢穿梭的自信與尋路未果的忐忑不安、迴車的憾、錯過岔口的悔、迷路的惘、車速太慢被叭的怕……，開車人經由開車這件事所曝露的眞實自我，車，都知道，更別說開車人獨自在車廂內的碎唸或無聲、幹譙或沉著、抓狂或冷靜，所以有人說，要看一個人的眞正個性，一從牌桌上，一從開車時。

富貴寶看我，是那種反正你已無藥可救的完全包容。開車會恍一下神，複雜一點的紅綠燈看不太懂，停紅燈超線被正義魔人檢舉，不知多少次星光月下的去拖吊廠將他領回，目測不準、角度有偏常有捱呀擦呀碰呀撞呀的，直到最近我才比較習慣抬眼看路標指示。

最漏氣的事是我坐在星巴克一樓靠窗寫作，富貴寶在我十二點鐘方位，違規停在臨玻璃窗的街邊，當他被拖吊車翹、升、扣、拖、離的龐大戲碼，在我眼下窗前一幕幕依序演出至落幕，我都渾然不知。那天去拖吊廠領他，內疚的我心頭滋味萬般，他依然是他的默然無聲。

很浪漫的事也有啊！剛買車那幾天，男主人想試車，去哪呢？當時女兒在談戀愛，和男友的情感穩定，從我們一家三口平日的家常話題中，拼湊出男方的家在后里，住市場邊，透天四樓，門邊有一個水族魚箱。那就去后里看看吧。

這類無聊的事，通常都水土很服的長在我的腦袋，然後很快就會被男主人施爸爸連根拔除，但這次，他竟然欣然同意了。爲了要和富貴寶博感情，這當然是的，但口沒說心想過的，不也是很想多知道一點，女兒將來可能要託付的人家，會是個什麼樣。

那天，將富貴寶停妥當，夫妻二人在市場附近的巷子，隨走隨覷探，「是喔，是這間吧」，「不會吧，這家只是魚缸，應該是魚箱」，「這間很像喔」，「噯喲，魚箱是右邊，這家的是在左邊」……。

施爸爸過世一年多，女兒出嫁，我去到女兒在后里的婆家，完全不是富貴寶試車那天，我和施爸爸巡察過的人家，但進門右邊，真的有一口大魚箱。

至於義寬那件事，富貴寶到現在想起也一定還在嘆氣搖頭。開著富貴寶去臺中太平的山上探望義寬。他生病了，癌末。一路上義寬以手機再三引路，到大門，赫然有一個四十五度不只的陡坡，這，我無法勝任。

義寬等在坡上，眼睛直看著富貴寶吼吼的沉聲，幾次猛上又下滑，已瘦了好幾圈的義寬，終於吃力的走下坡來，對我說：「老師，其他車都需換檔上陡坡，只有福特馬力強，不必，你下車，我來開。」

義寬坐上駕駛座，只一下，富貴寶就直直上了坡。

那天，我假裝船過水無痕，和義寬聊些話，其實身上有另一個我，從頭到尾一直頭犁犁、眼垂垂，你的無能能不能有個限度蛤你？竟然去麻煩一個病重的人出手相助？你眞的是很笨入膏肓了喔！算一算，義寬也走了好幾年了，這些，只有富貴寶知道。

最近去五千公里保養，老闆說：「不是去年過年前才全修過，怎麼又變成這樣子？」

「不然，等到更不能看時再來修好了。」我輕快乖巧的回答，老闆瞬間秒回：「好。」

我常在街上將車燈形狀想成一雙雙不同的眼睛，並由眼睛去感覺著這車酷、屌、凶、媚、精、壞，奸、老實、木、順、乖、呆、蠢，富貴寶是一部老神在在的車，有一雙四平八穩的眼睛，對我所做的關於他的一切，他全都不驚不動不見怪。人生是這樣的，風光時，自有人陪，看盡你的不怎麼風光，仍相陪的，意義會更不同，開車，眞是我的特弱，富貴寶的名字，現在想來，我是用這十分運旺氣粗的三個字，在對自己大加持吧。

石德華文學課

看我·散文就是我

我的每篇文章都是我，一本本書就是我的斷代史，那兒有我的十里桃花，也有我的明月大江。

胡蘭成倒是真懂張愛玲的，他說散文最能見出一個人的寫作天分。張愛玲在小說中遮掩，散文中的她直接清晰。

散文最見個人性情。

所以，提筆就是散文，只是，並非想說什麼寫下就成，一定要先整理好的通常是自己，你是怎樣的人？你過怎樣的生活？你究竟想說的是什麼？

散文易寫難工在這裡。

工，工整，精巧，我更認為是「工夫」：日月，時歲，精力、神韻，不在一招一式的華美，散文運的是內力。

尋常的，掂起來厚的，有味。

Chapter 02 凝視

至少，

要一直維護著善良，

願意弓身進入別人的內在，

默默試圖理解。

一直，是因為有方向

1

大家都提高音度，這樣問林宏弦的媽媽：「你後生怎ㄟ熊熊變一個郎？他是怎樣變乖的？」

林媽媽都這樣答：「伊有時陣去圓福寺拜拜，有時陣去佛光山拜拜——，拜拜啦，拜拜就乖了。」

當年，林宏弦的妻子要嫁給他，很多人也都問同一個問題：「你怎麼敢嫁給這種人？」

「其實他很單純。」他妻子的回答，跌破一堆人的眼鏡。

「黑道是一條直線，說了就算，白道反而比較複雜，眉角多，想法各不相同。」林宏弦含笑解釋。

二〇一九年秋天，我尋來嘉義市佛光山道場圓福寺，還沒下車，就看見一襲黑衫黑褲身影，在山門下指揮進出的車子，我攤開刊物上的照片，趨前比對，是是是，你就是林宏弦吧？開車載我來的 Fen，竟然一照面就喊人家：「弦哥好！」她最近電影看太多。

2

的確是混黑道。林宏弦生命中那段黑歷史，霸凌、退學、吸毒、幫派、槍枝、甲級流氓、觀護所、鐵窗，他親手幫警匪槍戰中自戕爆頭的兄弟闔上睜大的眼，他曾經消失名字過著見不得光的逃亡生活，他曾經戴著腳鐐手銬走過媽媽的眼前……。這些比黑道電影更經典的數十年人生，現在都被他化爲一頁頁最務實的題材，讓身爲生命教育講師、布教師的他，去在全國各級校園、觀護所、監獄殷殷叮囑。

「從沒有人有這樣的講法，」不同於常態的宣導，校園的迴響如此鮮亮，「聽得懂。」當年輕孩子這樣說，就是眞的沒在唬弄你，他們的意思是「有在聽」。

去述說，其實也正是面對大衆揭露自己的眞心懺悔，林宏弦說：「一次次的分享過往，是生命自癒的療程。」

在我眼中，暗黑的過去是炭，他將它們燒成熊熊能量。

帶一小束禮佛的花，步行二十分鐘，二〇〇五年十一月四日，出獄第一天，他就來在圓福寺。

在獄中，他負責打掃佛堂，常感受一股特別的力量，而他那件被人咬住的槍枝案件，案子若成立，會面對十八年的刑期，他爲此心煩。佛光山布教師告訴他：「唸《心經》吧，然後迴向給那個人。」他心中對「迴向給誣陷自己的人」不以爲然，但眞的開始讀《心經》，意外發現，讀經後，他的心穩定安靜，常與經文有接應感，後來，此案不開庭免起訴。

而剛出獄的他，了無頭緒，一無所有，在龐大複雜的茫然中，他唯一的定向是，去禮佛，謝佛。

在大殿禮完佛，一起身，迎面就照見在獄中認識的布教師奚美秀。

美秀師姐對他說：「你回來向師父討福田吧。」

「什麼是討福田？」

「討福田，修福報啊。」

他於是在圓福寺當義工，出獄後的工作，是當時的住持妙凡法師所引介。任職的清潔公司派他打掃嘉義公園，日薪五百元。有一天，公園來了一位江湖小弟，對套雨鞋、戴著斗笠渾身髒兮兮正在掃地的他傳話：「大哥叫你別在這兒嚇西嚇症，這兩百萬拿去，買部好車，換身乾淨衫褲，大哥叫你快回來。」他以這模樣去見大哥，誠懇表示：「我想好好做人。」

兩百萬VS五百元！他心中的大衝擊，很多人過不了的坎！我追問著，到底是為什麼？你當時腦中出現的是什麼？出現什麼讓你做出這麼重大難決的取捨？

林宏弦說他腦中出現的是菩薩，是監獄裡那些布教師，以及他們教誨的話。

「布教師功能眞的很大。」林宏弦由衷的對我說：「布教的力量，很細很長，雖然最沒有掌聲。」

他發下一個連自己都覺得「怎麼可能」的大願：「我一定要回去當監獄布教師。」林宏弦果眞再回監獄，不再手鐐腳銬，他是穿著佛光會服的監獄布教師。「我學佛，回來說信仰的力量足以當支持依靠，正知正念可以改變一個人的靈性。」

加入佛光會金剛分會，一路當會長、當督導、當輔導長、當布教師，二〇一八年八月，他獲法務部矯正署頒發「毒品犯處遇模式計劃」講師聘書。

林宏弦總愛提起那年佛光山皈依典禮，心定和尚送給他們的「三千萬」：「千萬要忍耐，千萬要有信心，千萬要堅持。」

3

一無所有來到圓福寺。

初在金剛分會，連一條領帶、會費都是丘欣榮理事的結緣。

知道他喜歡畫佛，妙度法師送他一盒畫筆。

第一次見妙凡法師，是在貴賓室，法師手端著一個茶杯走進來，那杯水是給他的。

圓福寺住持覺禹法師教他凡事做，不推託，「做了自然就有因緣來，失敗也是失敗的因緣。」二〇一一年一月一日，覺禹法師為他主持佛化婚禮。

慈善院依來法師最早鼓勵他向大眾分享自己的故事。

林宏弦以佛光山當平臺，虛心受教、學習，他的人生自此不同，社會經歷，整個撕頁重來一遍。

現在是一家水科技企業社的負責人，回想當年清潔工生涯，他充滿感謝，那是他生命中第一份需流汗的工作，他學會髒亂到清潔的過程是有次序的，凡事都須有條、有理、有規劃的去完成。二〇一九年他當選全國模範勞工。

那麼，生命中有沒有他企圖閃避的事？

二〇一六年五月，嘉義南興國中反毒講座，邀請校友林宏弦返回母校演講。

「可不可以不去？」

進出監獄的學長有什麼臉面對學弟妹？除此之外，還有一個不提也就過了，但因生命現場沒處理得當，以至於很難全然消釋的一個疙瘩是：「學校放棄了我」，所以「我放棄我自己」。

是覺培法師鼓勵他：「我希望你去，你會得到意想不到的收獲。」

他真的回去了。演講進行中，場中進來一位白髮老者，是當年簽字堅持將他退學的王維璋老師，師生一見面，三十三年光陰陡然斷層，他們緊緊相擁而泣。

老師說當年的事情太大，他不能不簽字，但一直關心林宏弦，知道他何時進出感化院，有一次老師躲在林宏弦工作的餐廳門外，偷偷看林宏弦過得好不好。

這段話，當場令林宏弦爆哭。「原諒我三十三年前沒保住你。」老師說。

「老師，對不起，我知道錯了。」林宏弦說。

林宏弦重回生命現場，完成生命中很重要的一件事——和解。和老師和解，和往事和解，和自己和解；就是和生命眞正和解。

4

林宏弦沒忘記監獄裡的同學。

二〇〇六年佛光山開山四十周年朝山活動，他帶團朝山，人數超過四十五人，獲星雲大師親贈的佛陀舍利塔，他決定將舍利送給嘉義監獄毒品戒治所佛堂供奉。

安座那天，法師率領，林宏弦捧舍利塔，佛光會金剛護持，一路莊嚴殊勝的唸佛前往，來到戒治所門外，他被隔牆傳來響徹雲霄的唸佛聲震懾住，那聲音一無保留耗盡全部生命力的噴薄，張力賁到極致卻整齊劃一：「南無阿彌陀佛」、「南無阿彌陀佛」……鐵門打開，通往佛堂的甬道兩旁，跪著兩排執燈、光頭、著內衣短褲的受刑人，虔心齊口大聲唸佛。

臺灣 · 枋山

「他們不是同學，是阿羅漢」，林宏弦動容說起這幅景象，而這片找不到邊際恍若沒有明天的聲音盡頭，有恭敬、信靠、渴望、懊惱，懺悔，還有怨念、憤恨：「他們都想改變，可是沒有方向。」

不是人人走出監獄，就能有個可以常去、久留、停駐、安靠的所在，一般人過的平凡生活，對有些人而言，實在是無法覓得的一件事。

他籲請能撤去「良民證」政策，說這一張證件，會堵死多少出獄人的更生路。

一位接受他小團體輔導的受刑人說：「我立志能和林宏弦一樣改變。」林宏弦遂發下一個大願：「如果可以——，應該可以，挖掘更多像我這樣的人。」

二〇一八年他和臺南衛生局長陳怡合作推行「介穩講師」專案，組成「反毒列車」，安排曾沾染毒品習慣的同學，出獄後一起從事反毒宣傳，這十六位介穩講師，兩年多來追蹤，戒癮率百分百，再犯率零。

5

我在圓福寺山門外，隨機問義工：「認識林宏弦嗎？簡單說一下他。」

「承擔、負責，再難的事都可以找他。」
「有情有義。」
「他是大金剛。」
……
他說自己以前很寡言，現在很「厚話」。
他說自己以前很冷，現在他有太多向上的故事可以和人分享。
目前他住臺南，只要不是太忙，仍然天天回嘉義圓福寺當義工。他引用覺培法師的指示：「眞正的修行是，上臺能講，下臺能搬桌椅。」
福報究竟什麼是？他說：「德留子孫。」
「道業充實，家庭美滿，事業從零到有，還有什麼願嗎？師兄。」我問。
他非常篤定的回答我：「我要一直當監獄布教師，去幫助更多的人，我要一直護持佛道，永遠都當佛光人。」
一直，是因爲有方向。
生命有個大哉問：「要往怎樣的未來前進？」
那年，帶一小束花，步行二十分鐘，他開始有一個方向。

日光是日光，月色是月色

——記山房裡一場詩書琴茶雅集

中文系的風雅

「輪到陳憲仁說些話。」

明道大學媽祖文化學院的謝瑞隆說了，來自香港的朋友分享了，我也好好朗讀過一段散文了。

陳憲仁說他中文系畢業，一直覺得自己走對了路。直到明道大學任教，和蕭蕭、羅文玲等人當同事後，常置身茶香、古琴、墨韻的風雅間，相形下他不禁問自己：我是中文系的嗎？

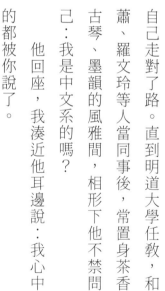

他回座，我湊近他耳邊說：我心中想的都被你說了。

我喝茶包方便、古琴最近才眞認識，不寫詩，中文系一年級的書法課都排在最容易被蹺課的第八節，楷篆隸捺按得住青春騷動的一顆心嗎？中鋒行筆再如何穩定，比得過西天夕陽的飽滿厚實嗎？

西元二〇一九，歲次己亥，秋分已過，寒露未至，我們來在苗栗三義的「望風息心」山房，綠樹滿窗，風起雲走，一場詩、書、琴、茶的獨立與聯綿，別姿與合韻。

一番「我是中文系的嗎」的自我扣問與相應有聲。

讓乾坤坐下來

有羅文玲處就有茶香，在我心中，她已圖象化爲熱氣氤氳中，不斷爲客斟茶的一隻纖纖素手，食指輕壓碗蓋提起雅致小碗，琥珀晶瑩的茶湯便從茶碗與茶蓋細細流下。我問過那壺溫水溫，近一百度。

我一直覺得茶席能改變空間的氣場，那天「望風息心」山房有四張茶席，茶師一坐下，人的心就定靜下來，詩人比較誇飾，寫的是「讓整個乾坤靜靜坐下來」。

泡茶人林浚騰、陳以國、蘇姜柔都是羅文玲的學生。一整個午後，我的腔口喉舌一遍遍溫潤回甘於鹿谷凍頂、名間烏龍、普洱、武夷岩茶這等好茶之間，皺摺的靈魂舒開，平滑一如絲綢。

來自天津的古琴家石冰老師，白丁香花一般的人兒，講解古琴的當下，人與琴都巨大。氤氳茶氣中，她為我們演奏一曲〈秋風詞〉。是當日風候氣流的影響嗎？曲詞中那不平靜的相思，就在窗外悵悵然與秋風、秋葉合一，再幽幽化入幻變不定的天空中。

我坐在古琴邊聽得入神，突然懂了，當然是古琴，必然是古琴，必得如此純厚、端正、敦實無垢的音聲，才足以穿越士子與樵夫，才能渾融人與高山、人與流水、人與天地大自然。一九七七年探索太空深處的「旅行者1號」太空船，載著向外星文明發出問候的數十種地球人類表徵，其中金唱片錄有二十七首音樂，那七分三十七秒最長的一首，就是中國古琴樂曲〈高山流水〉。它獲推薦的原因是「人類意識與宇宙共鳴的冥想曲」，而古琴這樂器，「在耶穌誕生之前幾千年就有了。」

一位林風眠畫筆下的仕女從茶座款款起身，「李阿利老師！」我在心中不禁輕呼。瓜子臉，挽髮，珠珥，唐衫，可望不可及的東方女性的溫柔嫻雅。她是茶道老師。

請朋友在長捲的席方畫上朵梨桐花，並寫了蕭蕭的詩句於上，阿利老師將這份別緻的贈禮送給羅文玲。這席方，記下五年前那個油桐花季節，他們一起牽著手摸黑尋找螢火蟲的美好往事，留住他們今生至誼的見證，也言短情長的在說：生命能量一定會汩汩不絕的。

席方上寫著：「轉彎時，舌尖要有茶的記憶。」

占盡天下優雅的阿利老師，是全心奉獻人文教育的慈濟人。先調息再調心，她說茶道過程中萬緣放下，學規矩、禮貌、教養與等待，心性調服定靜下來，然後將禮節與美感落實在生活中，沒有一個人來在這世上不是在求圓滿，阿利老師告訴大家，茶是生活中不可或缺的溫情傳遞，茶文化或許能使家家都幸福。

拿起時暫，放下時長

窗外放雨白了，山色迷濛，斜斜的雨絲飄搖，就在這樣的時刻，我耳殼迴繞起蕭蕭的茶詩。

世事流轉，歲月無欺。從彰化到臺北，從中學到大學，從寫詩到教詩，蕭蕭是個遷徙星高照的人，不變的是他致力推廣雅教的一顆心。

而只要走得夠長活得夠久，誰身上沒有些舟泊岸，水冷霜白月在峰的故事？如果你總還能呵呵笑著顏如童、思跳躍，那麼，直直對視著他呢，那個叫人生的傢伙，恐怕也拿你一點辦法也沒有。

品茶也是品人

蕭蕭的當代茶詩，截句形式，在茶與禪相碰撞處，一悟，一笑，彎身趺坐。壺不空，誰能憑以悟禪，茶成渣是奉獻與犧牲，茶葉浮沉是行者的兩種身影……，而所有的物質的精神的順逆的簡繁的一切種種，不就是如此這般：

面對茶碗，也不過是拿起／放下
無論左手或右手
拿起時暫，放下時長

夏天剛舉辦過書法創作展的名書法家李憲專，要選蕭蕭的一句茶詩當眾揮毫，他不疾不徐鋪紙運筆，以雅健的古書體寫下的就是「拿起時暫，放下時長」。

無事、佳客、幽坐、會心，聽聲是道情，揮翰是凝氣，詠詩是淸心，品茶也是品人。離去的時刻，余秋雨的句子倚在門邊：「不求回報的日光，才是日光；不求回報的月色，才是月色。」

沉默但永遠

詩書琴茶的情境暫，平凡日常的時間長，美好的事物未必深切日用，但被洗禮過的心靈會不同。

誰喜歡孤獨？不過是因爲總勝過無聊的社交，人與人之間，意念行止若能細靜、秩序、柔和一如詩書琴茶的情境，該能避去多少粗糙的惡意與紛擾。

而我總是知道的，即便不能擁有美好，也不能不知道什麼是美好。

「旅行者1號」到二〇二五年便會能量耗盡，從此默默漂流在宇宙星際，你認爲這是結束嗎？我認爲這叫永遠。

他在她的城市寫歌

廈門五通碼頭，二樓，知音咖啡館。

小筆電，咖啡，我寫我的，一如我的日常，圓圓坐我對面，一枝筆，一張紙的寫著。剛才我對他說了：「情歌，就是要在她的城市爲她寫，要在她，的，城，市。」我強調，他了解，點點頭，乖巧的掏筆鋪紙，像全國聯招那種大考考生那樣，他低頭專注動筆。離船班還有兩小時。

圓圓是「忘年知音」樂團成員之一，這樂團只有二人，另一人比圓圓大了十六歲，音樂讓高高低低的世間坎塹全都一脈水平接軌無痕，於是就有了這樣的團名。

「忘年知音」唱民歌、唱創作曲，我因他們而看見即便人生路陡，很多心情與感受都如山丘的無言，背負越沉越重，卻依然有詩有夢的那一種人。李宗盛的歌是這樣唱的：「就快要老了，儘管心裡活著的還是那個年輕人。」

圓圓眞的很圓，不只身材，是心。他的心圓圓的，沒角度處處講諧和，避掉不必要的尖銳與衝突，將自我鮮明的觀點只放在安全的時空才表露。這樣的處世，當然得會察顏觀色，而懂察顏觀色，讓他在很多場合比別人懂禮周到與細膩，讓他在臺上彈起吉他面對群衆的時候，顯得機伶幽默，分外能帶動氣氛製造效果。

我們一起飄洋過海到漳州，我講散文，他說唱詩與歌。他曾說過：「女生喜歡談人，男生只談事。」我是個內心很男生的女生，於是這一趟又是飛機又是渡輪又是候機又是等船的旅程，我可以想瞇眼就瞇想打盹就盹想不說話就不說話想放空就放空，我說的話大抵只有：「圓，我的身分證呢？」「圓，我的登機證呢？」說最長的一句大概是：「我只要身邊有伴就腦袋放空，凡事跟著走就是了，單獨一人的時候，我才精明起來。以小喻大，我這一生不就是。」他理解的點點頭。

我和他才是眞正的忘年吧，後來我常這樣想。五年前相遇，我成爲包括他在內一幫人口中的「祖師爺」，才知道我爸爸和他媽媽是同事，我們曾是彰化高商教職員工宿舍的鄰居，後來我家先搬離，他比我女兒晚出生兩年。

二〇一四年我出版散文集《約今生》，「忘年知音」爲我的新書發表會站臺，我說了些什麼吧關於死別與獨行，一回頭看見圓圓抱著吉他在麥克風前哭得滿臉是淚。

這些年，就這樣一次次互挺，一次次相助，我和他之間很默契的有了鐵哥兒們的情誼，他說：「祖師爺，妳的事，就一句話。」

而他的事呢？

我們來到閩南長泰龍人古琴文化村。像古琴的一勾一挑，單音，淨而厚，這裡，簡單講就是現實社會的反面。任我多說也說不盡，要再多說一點，就是這兒晴雨耕讀，朝夕琴茶，是讀書人不慕名利，最徹底的堅持，或者是最後要的生活。齊邦媛教授說希望死的時候像讀書人，這裡，是活得像眞正的讀書人。環村的十里荷香中，呦呦鹿鳴，食野之苹，我們是被古琴琴音伴奏，詩經鹿鳴篇歌聲，迎進的嘉賓。

那個亭亭如荷的直長髮女孩，唱〈鹿鳴〉，唱〈煙花三月下揚州〉，一身江南水秀靈氣，卻來自東北遼寧。用過晚膳的私人時間，大夥一起喝茶，座中聽圓圓唱起一首首他將好詩譜成的歌曲，屋內燈光很亮，心事會透明，花窗外，小園葉影扶疏，是月的朦朧。我狀似一直在滑手機的眼角，偶爾瞥見身側彈吉他的圓圓，和圓圓身側一朵攏起花瓣的荷，傾耳，凝神。
這樣的序曲加這樣的夜晚，不會沒故事的。
我男生個性的終極核心是女子的恐怖纖細，不必多說，我開始直接丟話，想到就挨過去說：「圓，你記四個字，水意江南。」「圓，我PO在群組那句話你看一下。」「圓，歌作好，在大家面前唱的時候，千萬別看她，假裝和她無關。」
圓都微笑，理解，點頭。
行程滿，圓圓沒能在古琴村寫成情歌，我盯得緊，情歌？情歌當然要在她的城市為她而寫，一樣的緯度，一樣的溫度，一樣的天色，一樣的飄過我頭頂的這朵雲也會泊在你髮際。
誰在乎過成敗得失了？這些年我的框架很沒框架，而圓圓的歌，唱得出別人聽得懂的衷曲，他的心底才真有不可探的千尋感性，若為了生命中相逢一喜一悸的人與事，在乎的又該是什麼呢？
「祖師爺，妳是第二個聽這首歌的人。」回臺灣第二天，我就收到圓圓完整版情歌，第一小節就是：

我在江南聞到長白山的風
幽幽從長髮間散落
落在古琴傲視的冰弦
落在灑滿荷花的池中

歌中警句當然是「我只知此生毋需覓荷花／她早已霸占心中最美最寬遠的角落」。
歌名就叫，〈水意江南〉。

【附歌詞】

水意江南　詞曲　孫懋文

我在江南聞到長白山的風
幽幽從長髮間散落
落在古琴傲視的冰弦

臺灣・澎湖

落在灑滿荷花的池中
在陌生的妳的城市
我好奇的四處探索
尋找一份心的共振
和一份異鄉的悸動

早已忘記來到這座城市的初衷
所有的所有我已拋向腦後
從未想過一眼能留下什麼
她早已霸占心中最美最寬遠的角落

早已忘記來到這座城市的初衷
所有的所有已無關輕重
我只知此生毋需覓荷花
她早已霸占心中最美最寬遠的角落

同在時間的一個微點

金色芒光覆臨整個宇宙，緩速渦旋流轉，無止盡捲噬消泯所有的發生，任一樁事件，任一種發生，無論多麼重大獨一，都只於時間的一個微點存在過而已，然後再以同一形式消失。如清晨甫醒那無痕的夜色成昨。我在說時間。

個人集體、邪惡善良、殺戮被殺戮，都是。

我凝視過時間，移動在時間的長軸，稱縱向，同在時間的一個微點，叫平行。

對今與昔的縱向流變，我熟悉到正往專家的路上走去，然而，我情感常有一個過不去的卡點，像精神宇宙中設下衛星定位，通常就在嗶一下，時光襲捲去萬有的剎那，我眼睛的餘光會瞥見，平行時序的兩方。

一眼銘記、一瞬畫面，像引力奇點一般，在我記憶具有膨脹性質的能量。

「可憐無定河邊骨，猶是春閨夢裡人。」就是我腦海永恆的戰爭畫面。黃沙堆斷戟殘鐵，天遠而墨青，幽涼孤月下，幾截森白骨骸，和兩個黑窟窿的骷髏頭。他曾是笑起來一朵白牙，整個水鄉搖櫓最穩順的年輕船夫，他曾是全村最守諾信實的男子，他曾是最熱心助人聰明爽朗的打鐵匠……，他們夜夜都還在一名年輕女子的夢中返回家園，那女子柴門前返身朝他笑著奔來，背上揹著襁褓的幼嬰。

《天空的情書》記載著一九三八年十月二十五日，中國空軍英雄劉粹剛奉命赴太原支援作戰，在山西上空迷航，暗黑夜裡連人帶機撞上高平城門魁星樓，天亮被人發現，已氣絕多時。劉粹剛殉國消息，一直拖了兩個星期才敢通知他的妻子許希麟，秋意涼透，這兩星期，許希麟手上在趕著爲心愛的丈夫編織一件又一件毛衣和毛襪。

同在時間的一個微點，平行的時序，若剛好是反差，對比，文學中稱它爲張力，在我心中叫拉扯。是這樣吧，所以我三、四十年前看過一部電影，片名、劇情、演員一無記憶，牢牢記得的是兩個畫面，丈夫和外遇女子裸身共浴，平行的時序，妻子獨自一人安靜走著，觀賞著博物館的畫展。

寫作上，這能量通常落筆能成我書寫篇章最觀微動人的段落；生活上，很私我的，它是我細細的一些記得，不動聲色的一些放下與放不下。

有那麼幾年，我笑著、說著、教課著、開車著、忙動自如著的時候，腦中總閃過，住他城的母親這時正在做什麼呢？老而獨居，身心都退化著，每一平行的時序，我都感覺得到時間微點那一端的重量。後來，我小弟在臺北醫學大學當夜班保全，每當我深夜就寢，枕被間身軀躺下的剎那，腦海便浮起弟弟站在醫院門口站崗的孤單身影，雨季寒流與冬夜，有一種自己這麼安好的罪感就會在熄了燈的空間緩慢而逐漸的漫升，填滿。

有那麼幾年，都過去了，全因我自己生命中平行時序的奇異引力，一瞬，一眼，永繫。像一朝截肢後，那終生的幻痛。

同在時間的一個微點，不限兩造，有時是連環。作家楊渡有一篇〈七十二年前的這一天〉，寫著同時間的陳逸松、吳新榮、林書揚、謝雪紅。這一天是七十二年前八月十五日，日本裕仁天皇發布接受投降條件，終結大東亞戰爭的《終戰詔書》。

陳逸松永遠記得這一天的茶香，「他從未如此輕鬆過，此生第一次，放心，安心，靜心，聞到茶香。」律師陳逸松（一九〇七～一九九九），宜蘭頭城人，日治時期推動臺灣民族運動及本土藝文，臺灣光復前後十年重要的歷史角色。著名作家、醫生、政治人物吳新榮（一九〇七～一九六七），臺灣鹽水港廳人，領導鹽分地帶文學，這一天，他從一個防空壕裡拿出祖先的神位，齋戒沐浴，焚香稟告祖國勝利臺灣光復。勞動黨榮譽主席林書揚（一九二六～二〇一二），臺南麻豆人，白色恐怖時期因案入獄三十四年，他永遠記得「那一刻胸中的沸騰，解放的喜悅和對未來莫名的歡欣期待的心情，難以用筆墨來形容。」日治時期臺灣共產黨創始黨員彰化人謝雪紅（一九〇一～一九七〇），開始籌組「人民協會」，夢想建設一個新臺灣。

透過楊渡平行時序的書寫，我還想起另一位作家。李篤恭（一九二九～二〇〇五），臺灣彰化人，這一天，他站上八卦山。

白天在學校，他唱日本軍歌，聽日本老師說該打支那，晚上在家裡，他聽父母說著日本的殘暴，從小他只要一上八卦山，就可以暫時與殘酷的現實隔絕，成為一個自由人。太平洋戰爭那一年，他進入臺中第一中學，戰事吃緊，二年級他就被徵去當海岸防衛學徒兵，日本投降，部隊解散，他回到家中，吃母親煮的一大碗竹筍湯。第二天他就上八卦山，俯看著被轟炸過傷痕累累的市街，仿和歌音節寫下當時的心情：

經過了這麼長久戰爭與飢荒的歲月，

山巒溪川卻是沒有多大改變——

山河依舊！

我心安了，卻妒恨起山河。

下山後，在彰化火車站他和一位敗國的軍官道別，看見一位祖國來的高大俊美的鐵路警察。他在花壇車站下車，擠在熱鬧的的菜市場，吃了一碗天國美味的米粉湯，快回到家門聽到天籟般的一首歌〈Home Sweet Home〉，他自己這樣形容這一天：「這是我一生空前的美麗燦爛的一天——」。

同在時間的一個微點，我看見與一生平行著的是因緣運命，都說臨命終時，往事會一幕幕閃示，我也仍沒當它是今昔的故事，我將一副副衰朽殘壞肉身與每一個寬廣的額的童顏、飛揚的少年、跋扈的青壯、擔負家業的穩沉堅毅的肩的畫面平行並列，死之華與生之美盛一時俱現，生命的質量燦然，那是尊貴最沉默的告示。

就是愛媽祖

「會經過這啊？」

「會啦。」

「確定？」

「每年攏嘛這ㄟ路線。」

大甲媽遶境，路線百年不變。我這現場人群兩兩一排，從五府千歲彰山宮起，沿彰化光華街排成長龍，我前面約莫排一百公尺，後面漸漸也快要排一百公尺了，再長就得從光華街拐彎到中山路省道。

我和不知名大姊排一起，她很權威的回答四邊拋來的問題，她年年都來這裡迎媽祖。

前面那對情侶，女孩勾著男友脖子驚呼：「你的意思是你媽也同意我的看法……」時，聲音是嬌新的，久了，聽她睏睏說了句：「我去一下。」再走回隊伍，拿了兩杯咖啡。

的確是等了很久。不知名大姊已回答不只一次：「舊年八點多就到ㄚ！」

而現在已經超過晚上十點半了。四月八日鑾轎經過彰化已爆發過搶轎衝突，爲了回鑾，已加派了警力，聽說剛剛大埔路那邊仍有擁擠衝突，行程被拖慢了近三小時。

後面那位太太看著手機APP說：「我知道了，明年我要開車放彰化，再搭車去花壇，跟著媽祖走回來，啊不然——，請問花壇有高鐵嗎？」不知名大姊回答無啦。

外地人，恐怕還住得不太近。彰化人都知道高鐵停田中。尖銳哨聲突然響起，工作人員來回跑著叫大家退後退後，間隔要拉大，趴跪時才不會擁擠。這意味……

「來了，來了！」我們此起彼落說。

我問大姊：「稜轎腳要注意啥？」

大姊說：「免啦，跪下去，神轎就會從我們身上經過。」

「我想要拿壓轎金。」我問。

「你——，那你莫法度啦。」大姊打量一下我，連說明都省了。

「唉，我下晡一點多來太慢了，我前腳到，報馬仔後腳嘟嘟ㄚ走。實在金沒

臺灣 · 澎湖

彩！報馬仔手中有紅線，拿紅線就會有姻緣，我後生還沒娶。」大姊說了她自己。

我中午十二點就到彰化了。以光華街中山路交口，阿嬤的奇美公路飯店為基點，等候媽祖回鑾。媽祖今晚會停駐永樂街天后宮，十二點多再起程。

奇美公路飯店下午五點營業到凌晨，我就先在同一街口的咖啡館埋伏，用餐、喝咖啡、Key電腦，不一會兒，電音、鞭炮聲、各色花車、陣頭、三太子、濟公……、一波一波跟著媽祖進香的善男信女，隔著大片玻璃，彩流一般就從我眼前魔幻搬演魚貫走過。

我從小拿香跟拜而已，後來長成個布爾喬亞小資女，跟著媽祖去進香或者該說是對整體神佛異世界的認識，一直是立體不同次元的交錯，恭而相安，敬而乏相涉。

「中歲頗好道，晚家南山陲。」後來，是的，就是中歲之後，在人生難免有的荒涼時刻，我無路可走低頭求助求釋疑的，竟是那異世界。抬起頭後，我看世界的眼睛，比較透視立體多次元，心靈與日常生活的走向更爲單一純粹，我想跟王維說，不必山邊水湄到南山到輞川，我在居住的城市裡保有另一種形式的邊陲。

夜晚，我走在公園邊的紅磚道，剛吻別兩個準備就寢的幼孫，感受著當一個城市不用耳目的時候就都在用思考，這是我的日常我的每天。那是木棉花盛開空氣浮盪月光味道隱約一聲花朵落地輕爆的一個春天晚上吧，行走，回家，仰頭，心中無比寧靜而飽滿，感受時光穿越過我，我突然很想很想，謝天。

爲什麼我今年如此關注媽祖行蹤？起於這一念吧。

只是念與行動往往也還是有距離。那一天，在早餐店騎樓用餐，突然被一聲「石老師」呼喚，是W！我十年前跳排舞的朋友！我丈夫病重那個春天，她來探望，塞了一包東西在我手裡，說：「媽祖婆出巡的壓轎金……」

「妳好嗎？好久不見。」

「妳看我如何？」她突然問。

「你看起來很累。」她就掉下了眼淚。她當兵回來兩年的高大貼心的兒子，牙痛就醫，竟診出了癌症……。我對W說，媽祖正在出巡，妳要去嗎，今天大甲媽到雲林了……。

W會怎麼做我不知道，她那年給我的壓轎金，我一直還在用。我沒參加媽祖起駕，至少還有回鑾，就去稜轎腳吧！來幫W向神明說一聲，順勢看看壓轎金要怎樣才拿得到。我要去彰化迎媽祖。

玻璃窗外，很多人背包插著旗頭綁滿符令的那面旗，這個下午，在我眼中簡直美麗不可方物，不斷招搖迷魅我的心，願有多大？意有多誠？心有多定？就這旗與符，無言、巨大、疊複、具象，全面性呈現一種五體投地的信服。

我幾次當街攔人問要買？沒，不會賣的。那叫進香旗，人與神之間的信物，代表全程參與遶境。得從大甲鎮瀾宮那兒買旗，擲筊獲媽祖同意後，寫上戶長名，綁上平安符，再去過天公爐與聖母爐。中途遇有停駕的宮廟，都帶進去參拜，再繫上蓋該廟印的符令。那天後來，我去彰化南瑤宮買進香旗，過爐蓋廟印綁符令，再將彰山宮的蓋印符令也繫上。

黃昏時，我去坐在奇美公路飯店騎樓，幫著遞送店家準備的飲水、點心給路過的進香信眾。

客人一桌桌，有人說，就有人補充：「大甲媽去的時候若駐駕南瑤宮，回來就駐天后宮，輪流的啦。」

「天后宮是官祀，位在彰化東門內，我們都說『內媽祖』，南瑤路那個媽祖宮是在南門外，我們都說『外媽祖』。」

「不要分內外啦，兩間都是古蹟，清朝就有了，手機仔攏有，自己查一下就

臺灣・彰化

有。」

「手機仔那勒手機仔勒，字不認識我，看到眼睛都脫窗。」

……

我記得我也不稱「外媽祖」，沒人喜歡「外」吧，我都稱「南門媽」。人車多，喜慶感浮騰在雲色壓得灰灰的房不銳樓不高的小城，城像是在滾沸。入夜，閃灼灼電音花車一輛接一輛，這一隅彰化，城不夜。每一款華麗存有都爲同一件事，每個人心裡都只有同一個念，這一天凝聚的升霄敬意，讓天地都純然簡單了起來。

哨聲起，「後退！後退！」

來回奔跑的工作人員停在我身邊，說令旗不可以稜轎腳「倒旗」。

「哦！」我立刻取出一直插在背包唯恐別人不知的令旗。

來了！來了！這次眞的來了，連警察都出現大聲吆喝：「後退！後退！」周圍的氛圍驟然升高，頭旗隊伍從街那頭出現，整條街被擠滿，人如川流緩緩推湧，街邊排隊的我們人人翹首企踵，來了！來了！

不知名大姊神來一筆：「不過，有時陣時間拖太晚，會取消。」

我明明有聽，但沒有到，集體意識亢奮的最高處是一片空白，我已經不用腦，只知道「來了！來了！」

頭旗隊伍漸漸接近，同一個警察這次是從頭旗隊伍鑽出來的，用低音量，邊走邊對隊伍說：「時間太晚，稜轎腳取消。」

沒人反應，他再走一次，好聲好氣說：「時間太晚，稜轎腳取消。」

沒人離開，頭旗隊伍走過我們身邊，後面就是媽祖神轎了！

我還來不及思考就自然被人潮吸捲而入，人與人無間隔，推著搡著擁著擠著，一圈圈集體簇擁在轎邊，其中有一圈是緊緊牽著手的警察，運氣使力不讓後面人潮衝倒前面的護轎扛轎人。人群密匝匝集體挪動，像一片雲群、一汪海洋，媽祖神轎高舉其上，左右搖擺如律如唄如經訟，萬里湧雲、千里凌浪，一心往前，庇土護民。

我眞想縮起雙腳試試看，聽說搶摸神轎的人群，擁擠到腳離地都能被人群夾著走，但——，我這是在幹嘛？壓轎金影子都沒看到，想對媽祖祈求的話一句也沒說，稜轎腳功虧一簣被取消，我就這麼無意識的擠擠擠，跟人家從光華街一路擠到中山路，眼看就要轉進永樂街，別人爲了摸神轎，爲了陪媽祖駐駕天后宮停

臺灣・彰化

留五分鐘，而我肩頭扭動，肘拐子猛頂，背包當盾牌硬擠，如此神勇的這是在幹嘛？都快十二點了，還得一個人開車回臺中，明早又得送孫去上學……，終於，我定住腳，不動，頭肩被撞，被後頭力道推湧踉蹌好幾次，閃閃移移，慢慢退出人潮。

回到家十二點多了，想著要解下令旗上的符令送去給W，而明年，明年，我至少會將車放在彰化，搭火車到花壇，和媽祖一起走回來，或者更遠，……，明年，一定要……。

說話

那時，快到目的地了，車裡的我們正忙著分頭打電話問路，我隨口說：「對方好像很盛重迎接我們，住持，你可能要準備一下簡單致詞喔。」

「蛤——」應聲未完，一陣「大埔交流道」、「竹岐交流道」討論聲襲捲，車就下了交流道。

嘉義高中校長劉永堂與各處室主任、詩人渡也，果然已在歡迎海報前等候，從南部上來的慧知法師也先一步抵達了。主客相見寒喧殷勤，一起上樓聽簡報，樓間又被嘉中中庭那棵綠傘大張、剛健遒勁的雨豆樹奪魂攝魄，大家手機拍照停不了手，致詞的時刻，沒空喘口氣，一入座就到來。

主人的開場周到大方，嘉義詩人渡也是主客之間的橋樑，他將每位來賓介紹得——我知我的比喻雖非恰當但也無可超越；就如打蛇打在七吋一般，無可取代的簡快準確。他前一天晚上必定上網查過資料作妥功課。正式場合三言兩語就得體介紹出一個人眞正的價值，這可最見介紹人內力。

完全不知道需要致詞的是在座兩位佛光山法師。

那天，我聽到惠中寺住持覺居法師站起來是這樣起的頭：「寺廟如學校，都是人生的加油站——」，接近收尾時，我聽著她說：「文學與佛學關注的都是人，佛教義理艱深，仰仗文學更能明白顯豁的傳達。……」

我們到訪的是一所知名學校，我們此行的目的是參觀這校園的文學步道，覺居法師這席致詞拍拍點旨在在扣題，校長主任和自己人都在含頷點頭，奇怪，她是趁何時準備講稿的？

接著，麥克風遞在慧知法師手中。我五感不動聲色的全開，還能說些什麼呢，我心裡想。他從昨天的一場棒球冠亞軍賽說起，佛光山普門中學棒球隊輸了，通常對教練潑水是冠軍隊伍盡興的獲勝儀式，但這場賽後，普門棒球隊也開心的對教練潑水，因爲比賽過程萬分精彩，隊裡每個人都盡了全力。

來在學校就談教育，慧知法師以近取譬、借力使力在說教育的眞諦：「學會自在。爭冠軍，不是贏別人，是贏了自己。」

會說話。我當下在心底安靜的微笑。記得二〇一八行事曆裡我抄有星雲大師的叮嚀：「寧吃過頭飯，莫說過頭話。話，要說得恰當。」而什麼是「恰當」？大師說：「合時合宜。」

覺淸法師開車，一車共六人，從臺中來到嘉義。除了覺居法師、惠中寺文宣組長蔡招娣，還有明道大學教授陳憲仁、詩人紀小樣。爲打破初上車的緘默，我和陳憲仁談了幾句紅樓夢，他認爲後四十回不可能是別人續作，這我可不認同，書的第五回就已說出每位女子的命運了，只要功力夠，讀得透徹，是可以續作的，只是我總讀到些續不如前的微處。但這話題，我既不辯駁，也很快就得打住，一車共處，不能只有二人話題。止，也是一種合時合宜。

與子同車，熙熙怡悅。陳憲仁是會說話的人。他能讓拘束感卸解，人人都輕鬆自然，紀小樣說聽陳憲仁說話，精警句在下半句：

「稱讚作家常用著作等身，作家會不高興的，難道我是侏儒嗎？」

我常去在著名咖啡店，因爲那兒一待可以一整個下午，他說：

「當然會坐一整個下午，因爲那兒咖啡太難喝，只能慢慢喝。」

……

到後來，你會最喜歡和讓你自在的人相處，心理學家總是這樣分析，我想，這和說話帶起的空氣粒子的輕重一定有關聯。

觀摩文學步道要學讓文學自然存在於生活如呼吸。但我在嘉義中學還多看見文學的榮耀感，多看見主人待客的盛情，上阿里山訪沼平公園詩路步道，仿一下詩人的筆，我可得說，我多看見櫻花瘋了、霧嵐瘋了、山脈瘋了、天藍到瘋了的，春天的美得很瘋的阿里山。

火車天生具有時光魔法、天眞魅力嗎？坐上週三才行駛沼平車站的檜木火車，無論僧俗，怎麼都有點小孩拿到不可置信玩具的神情。參天綠樹蓊鬱林間，木造車站、開花的樹、蜿蜒的鐵軌、紅色的火車，一回頭，就置身在童話繪本裡了。

佛學與文學都提點讓生命不受困的超越與拔高，你問我到底要多遠多高才能純然開心？我想，就在拔離紅塵二二七四公尺的高度。

陽光穿越樹林，明暗不定的碎葉影子落在地上，像鳥羽像扇子的射干一大片一大片安靜而抖擻，靑苔如絨如氈如綢如緞高低遠近的鋪滿。回頭看著正在林間步下石階的法師，談笑晏晏，褐色僧衣衣角飄起，渡也說：「他們眞像天上仙人下凡來。」

臺灣・阿里山

二〇一三年詩碑落成，二〇一四年詩路入口意象完成，渡也都參與了。他帶著我們看詩碑，就像在和時光錯身和老友敘情，挲摩著入口處余光中的詩碑，他說：「字都淡了，拓得太淺。」

看路寒袖的、看白靈的、看蕭蕭的……，渡也自己的詩寫日出，就放在一回頭就可以觀看阿里山日出的地方。李魁賢的放在比較隱密的小路，他帶我們拐個彎才走到，在一棵三人環抱已枯死的大神木根前，我們讀著：因為孤獨／才自由自在／立定我的土地／堅持存在／沉默靜觀／人間紛擾與喧嘩

一詩一景，詩學與美學與地景渾然天成，李魁賢的詩碑放的位置多麼恰當合宜。而有時最合時合宜的話語是也沒多說什麼，渡也沒說什麼，或手輕撫著碑石，或低頭俯視老友們的詩，人與人的相惜。

回程下山，紀小樣開口就說了一句詩：「真想買一朵白雲回家，在上面種苔。」

合時合宜，連空氣都對，聽到的人心都開開的，還安靜微笑呢！說話，是最大的小事，最小的大事，人文的步道之旅，這才是真正的第一步。

在座

——我繪畫家曾詩楷

1

梁山一〇八好漢，有擅畫的嗎？

刀槍劍戟、錘棒斧槊、火器水攻的武藝之外，梁山上尚有人善書法、懂音律、會彈唱、能篆刻。

陽氣最旺三伏天初伏前一天，我來在臺南玉井。那天黃昏，長桌邊坐滿人，桌上大鍋裝湯、大盤盛菜，大家吃得盡興過癮，不來精緻那一套，鍋裡一撈就是一整尾鯽魚，筷子夾下就是山豬肉，好食、好料、好調味。還在廚房裡忙著的，是曾爲阿扁總統做過國宴的鹿鼎莊老闆劉崇禮。

我將眼睛微調柔焦，在我身邊站起、坐下，自在飲食的這些人，肖真肖活、有型有款、論文論武一身都是本事，哪個會輸給那些封條才壓得住的天罡與地煞？天下早已沒劫富濟貧那回事了，這些人有自己專業的山頭，從不吝付出與分享，我讓眼前的矇矓悠忽再深一下，這兒不就是水滸山巔的聚義堂了嗎？

畫者曾詩楷在座。

2

太撇清有點假，太過入世又不免沾惹塵埃，藝術和生活的距離該有多遠？大多數藝術家不必或者不屑思考的這問題，我想，曾詩楷並不避諱。

他作畫也教畫，指導學生升學與得獎，他的畫室常常有朋在座，家長、朋友、舊雨、新知，有來喝茶的、品酒的，也有來習藝的、談天的。人脈可以這樣拓展連結，生計自然也在其中。

我到過他三次畫展的開幕，來賓滿到爆屋，不僅人數超多連品類也繁盛，臺灣頭到臺灣尾都有人專程遠道趕來，很多人都流露出那種「我和這場子主人交情不同」的態勢。

爲他上臺致詞的人，時間稍不控制都會忘記交出麥克風，該主角自己上場了，哦，那眞是聚光燈唯一爲你，你就去爲自己大放光的宇宙閃電時刻，是的，他來了，他慢慢走過來了——

連臺都沒上，就站在臺邊接過麥克風；一次這樣就很夠了，第二次他還演一遍；靦腆不安的，全場都靜著等雷響，他只擠出一句：「我不會說啦！」

就這樣？就這樣。這樣就能讓場子熱成這種局面？這樣就能讓人南北不辭、千里趕來？

我想，人脈或許很世俗，人緣，恐怕超越在世俗之上了。

以梁山的氣魄豪興，曾詩楷快熱，極易與人剖心瀝膽，霍地一下就能用熱度迅速消弭了人與人的距離，純用自己的放射狀思維與方式去交接別人。當然不太懂得應機需要的適當調節，也不知有時自己多少是要有些提防與設限，休管他這種個性吃過多少虧、有過多少誤解、遭過多少背叛，一路走來，留得下來的，就會是眞朋友。

而我總是知道的，寂境並非人人能相應，熱鬧有時是心靈的自然需索，最豪邁的人，內心或許最空谷，而直抒的難能最終總會被看懂。

生命還在經過中，你我都還沒完成，我不能輕率的爲曾詩楷下判斷語，不過我若這樣說，應該是可以被了解的：

他從不是孤獨的畫者，他只在作畫時孤獨。

3

到了臺南玉井，我從入座、午後茶咖啡時段到晚飯前，親見桌上瓜果、零食如流水不斷，聽說這不是偶然是必然，他們每一次相聚每一桌滿案的食物，全是胡榮利大哥的供應。

胡大哥和曾詩楷相識於臺東的一家民宿。投宿同一間旅店，不就是萍水相逢的擦肩因緣而已？但胡大哥發現到這畫家揹著畫架，總是清晨五點多出門，晚上才回來，一直在作畫，沒和人多說什麼話，但相處時卻總能適時給人細節上的體貼。他們因這樣成爲好友。胡大哥說：「他說朋友買畫算對折，我說好畫不打折。」

今天的主人李豐林經營休閒事業，他說：「我見過的畫家不算少，我敢說曾詩楷是我所見，最認眞的一個。」

我腦中跑馬出現，〈夜．臺灣〉畫展開幕，有個致詞人說別人在睡覺的時間，曾詩楷一個人正在墨黑荒蕪的郊野作畫。他老婆與我談心時，常擦邊球提到「我老公不在又出去寫生了」。FB 上的他眞是神出又鬼沒，今天在霧臺大武，明天在西螺大橋，一下子他又去在太魯閣。

中午搭李豐林董事長的車去餐廳途中，同車他九十幾歲岳母在說「曾老師的畫，現在是一畫成，就有人購買」的時候，竟然語帶自家子弟才情有成的光榮與欣慰。她還笑著追補一句：「阮甘仔孫，才兩歲，很喜歡曾老師，一見面就要他畫恐龍哩。」曾詩楷可以是一家三代的朋友。

曾詩楷說全省走透透臺灣火車站的寫生，路途跋涉、烈日曝曬、細雨淋身、食宿交通費用高，堪稱是他難度最高的一次挑戰，好幾次他都想中途放棄。胡大哥千里幫他送過便當，李董總是就近提供他免費入住飯店民宿……，說著說著，剎時，曾詩楷語塞、哽咽、爆淚，大家靜了一下，聽他說出一句：「這兩年，我都是靠這些朋友……」就又說不下去了。

眞不會說話，說也說不全，是我們都熟悉的曾詩楷，但這個感性時空，用淚水、感慨、激動去塡滿，我想，說不出，反而表達得更多，更不盡。

這場相聚，源於曾詩楷和畫友林碧霞的玉井寫生。這兩年無論上山或下海，他們二人常是畫架一揹說走就走，超越一切世俗的框限與想像，他們合力將「友伴」二字寫得力透紙背，最深最眞的原因是，他們在對方身上看見對待藝術的態度：情至癡狂方始眞。

而對方是面鏡子，他們在對方身上，看見自己。

碧霞從事電子業，卻對繪畫一往而情鍾，我問二人雖是知交，也會有磨擦吧？碧霞說自己寫生都直接將畫紙夾在畫架，曾詩楷不僅疾言尙且厲色的糾正她，因爲畫紙不能草率夾上畫架，一定得先沿邊黏貼妥當。

細膩體貼，碧霞用了這四個字形容曾詩楷。有一次碧霞遺忘一個飲水杯在上一個寫生車站，要回去找得開車一百多公里，不過就是一個飲水杯，再買都有，但那杯子很輕，極適合揹重畫架的人攜帶，那杯子是在西班牙買的，那杯子是碧霞先生送她的。第二天早上，曾詩楷二話不說，開車回頭。

包含還在廚房忙與曾詩楷交情二十多年的鹿鼎莊阿禮大哥，這一桌友情的故事，飽滿蓄蘊著提升的助力，形色風貌雖不同，但我看到的是底色，那是所有創作者可遇不可求的——

這些朋友用自己可提供的方式，知才，惜才。

4

眼前的曾詩楷和我初識的他有很大的不同，一如他的臺灣夜景、祕境、車站、山川，和二〇一四年展出的〈夢迴雙龍灣〉也有很大的不同。我不專精畫，只能說我自己在〈夢迴雙龍灣〉看見畫者面對美景豁然一亮的心眼，二〇一八年〈夜．臺灣〉開始有自己的沉澱與投影，二〇一九的〈祕境〉多了些過程心情，這一年來他畫筆下的臺灣山川，加了自信寬和的元素。

純粹我看，我喜歡他筆下的石質、山壁勝過浪花、溪水，我喜歡他畫大橋的堅實鋼架勝過橋下迷濛的芒草花，我喜歡他「夜景是單一的純黑，讓顏色自己跳出來」勝過他用彩筆在白紙的點染。

曾詩楷作畫很即興、很揮灑，非常滿足外行人的看熱鬧，其實即興背後撐架的是自信，揮灑也分耐看與不耐看，那瞬間的爆發，是別人看不見醞釀存察已久的深長感受。介於內行與外行之間的我，倒是深深感到，寂靜或喧囂都是個人風格會散布在你的每一舉動行止、每一聲氣呼息，曾詩楷本來就是在掌聲中會更亮彩迸光的人，他生命有碰壁、有轉彎、有進程、有受肯定，畫布上自然難掩，人生在羈絆與解脫中度過，他的畫就是他的人。

其實旁人也不必多說什麼，什麼光影、線條、色塊，整體局部或震懾雋永，技法突不突破，創不創新，多留些空間吧，那些都是畫者他家的事。

5

玉井那天下午，有一段敘述一直在我腦海成畫面：

那一回，大家正聽著一位身家好、支援很豐富的人夸夸大談自己，曾詩楷突然轉身，一個黑衫黑褲，微傾肩，馱著背的身影，緩緩沉默的由人群獨自走開。

世間事落差大，角度就會比較尖銳吧！有時再是天賦、努力也比不上天生的好命，這必然就是他當時轉身的痛觸動，隨後他將心情畫成了一幅鬱灰與光亮並現的風景畫，大朵化不開的濃雲彷彿鋪天蓋地，陽光遮在雲後，雲破處卽見光澤明耀的出口，人生失意時要懂蟄伏沉潛，讓自我轉化，作好光綻霾散的充分準備。這幅畫，他命名爲「平安」。

6

繪畫是曾詩楷的本命，僵直性脊椎炎是他的認命，冷與痛，暖與力，是他生命拼圖的多色板塊，經歷過比別人跌宕的人生，他終於找到平衡穩定的支點，溫暖明亮逐次驅退灰暗雜質，我想，認眞作畫，心平身安，已然就是曾詩楷最到位的知命。

無論他怎樣的熱絡招呼你，怎樣的拿手機特寫教你細看他畫作的肌理紋路，他最嚮往的應該還是眞空管音樂繞滿空間，一盞聚光燈打照小几上一瓶紅酒、一幅畫，他在座，細細對你訴說，畫的內涵，繪的技法。

曾詩楷畫作（一）

曾詩楷畫作（二）

鳶尾草教我的一些事

他討厭人。能和每一株植物對話。

但我臨別前握他一下手，我感到他的喜歡。

《鳶尾草生活冒險旅程！》是他的繪本，他用油性黑色原子筆，一下筆就成圖，連草稿構圖都不必。內容是自己成長的生活敘事，所有人物都用植物取代，他叫陳駿翰，二十五歲，他自己是一株鳶尾草。

一直到駿翰上了國中，媽媽才終於帶他去醫院鑑定，亮出他平日畫的植物圖冊，連鑑定都不必了，一照眼醫生就說：

「這孩子是自閉症。」

那意味，有十幾年，駿翰無處閃躲的置身在我們「正常人」的教育體制裡，天天在「撞牆」。一直認爲孩子只是學習有障礙，駿翰媽媽用足了力氣督促功課，當然包含要打要罵，駿翰無法適切表達溝通，情緒常是壓抑不安與不被理解的易怒。

漂亮的駿翰媽媽回憶往事說：「其實處處都有蛛絲馬跡，是我自己抗拒相信。」比如看見駿翰小時候玩玩具小車，只讓小車左右移動不停，她也曾閃過懷疑，但「怎麼可能是在我家」的念頭，很快抹滅這一念。上幼稚園前，她帶駿翰去觀察一下環境，臨走前幼教老師叮囑她：「媽媽，你這孩子有點不一樣。」

駿翰的求學生涯中，學習是空白的，與人相處是受傷的，溝通是阻礙的，每天上學都是痛苦的事，所有的班上活動他都被排拒在外，被霸凌是家常便飯。

小學有一陣子，他愛撿蝸牛殼，用塑膠袋泡在水裡，一包包的久了就發臭，媽媽求救於老師。老師拿來一盆水在教室，將駿翰的頭按壓在水裡，說讓他嚐嚐蝸牛殼泡水的滋味，駿翰掙扎，同學們就過來幫忙按住他的手腳……。駿翰當然沒能力回家說這些，是有位家長聽自己孩子說，去向駿翰媽媽轉述的。

不快樂的童年都在繪本裡，有一頁「爲什麼他們這樣對我？我有長得很奇怪嗎？」，我問他，那三位欺負他的同學，他畫的是什麼植物？他說：「山菊、小

一群壞同學圍著我
不讓我過去！
國小生活像惡夢一樣。

我是鳶尾草
生活冒險！旅程

同學們都不好好上課，要
玩樂、聽音樂。
我不喜歡吵鬧，聲音太大聲令我感到
不安，自己一人坐在角落看書。

我們不要靠近他！
哈！哈！哈！
為什麼他們這樣對我？
我有長得很奇怪嗎？

高中畢業後的第一份工作在工廠

高中讀大甲高工綜合職能科。
校園到處種滿了我最愛的花草樹木。
讓我的高中生活增加一些樂趣。

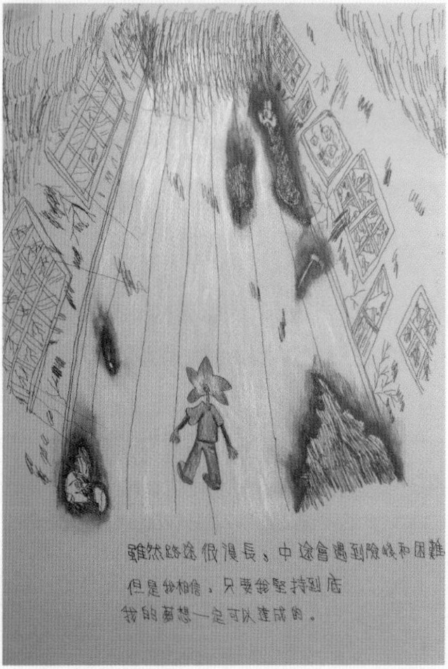
雖然路途很漫長、中途會遇到險峻和困難
但是我相信，只要我堅持到底
我的夢想一定可以達成的。

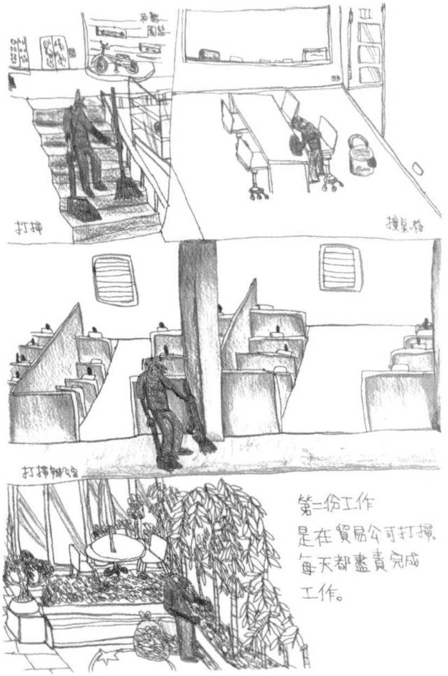
打掃
擦桌椅
打掃辦公室
第二份工作
是在貿易公司打掃。
每天都盡責完成
工作。

啤酒草、泥胡菜，這三種植物都很強壯。」又一頁，是一群同學圍堵他一個人，他寫著：「國小生活像惡夢一樣。」

繪本描寫著駿翰不快樂的童年。

駿翰當然奇怪，怎會不奇怪？這世界只要不同就是奇怪，最受歡迎的是迎合，要安全有時就要假裝。而小孩身邊的每一位大人都很重要，他們的認知可以影響小孩，只可惜，大人也會有不足，大人通常沒耐心，他們都在忙他們認爲很重要的事。大人都很膚淺，小王子說的。

當然奇怪，怎會不奇怪？自閉症候如此深邃曲折，你也許要花一、兩年他才願意讓你坐在他身邊呢？偏偏他們都好手好腳，外表看來一點都不奇怪。

所以駿翰希望自己能像小花蔓澤蘭、菟絲子、銀合歡這些強勢的外來物種，像異形怪物一樣威風，他說，種子小小的，長大後卻具有強大的攻擊力。但是，他有補充，他說他會保護弱者。

駿翰的學校生活，常是一個人蹲在校園花塢草叢邊撿植物種子，後來他高中讀的是大甲高工，那學校花草樹木繁多茂盛，更讓駿翰如魚得水。他一翻閱植物圖鑑，可以一坐數小時，後來拜網路、3C的發達，他的植物知識簡直宛如百科全書。到現在他都記得，有一次國中自然老師問他一株很罕見的老師都叫不出名字的植物，他當下就說：「這是銀膠蘭，很毒。」直讓老師驚訝不已。

來到畫話協會之後，蔡啓海老師一點都不改變駿翰與生俱來的下筆方式，但兩年來他畫的植物，能穿插掩映、能盤根錯結，富有層次空間感，從黑白走向上色之後，葉的彩度、色調、明暗，還能產生光線的流動感。

駿翰的畫，我一直覺得，不只是供欣賞收藏，那筆觸線條花葉的色姿，多適合做各種物類的包裝紙，做大百貨公司的大小提袋，讓大街小巷所有提著它的人，都擁有一身脫去文明雕飾的天然純雅。

畢業後駿翰試過幾個工作，都因爲人們對自閉兒的不理解，沒得到正確的對待而離職，這讓駿翰從小受傷的心沒痊癒，對人的芥蒂沒減少。

不靠近，沒機會了解，不了解，不會有眞正的慈悲。

駿翰媽媽說，她最大的錯過是太晚讓駿翰做鑑定，接受才能讓人眞正的勇敢，孩子也才能早些知道發展的方向。家有特殊孩子的家庭，態度一定要明朗，讓身邊親友能有機會靠近一些，多知道特殊教育這領域。

去年協會接受評鑑的時候，評鑑委員問：「那這些孩子要到什麼時候才能結案？不然學這些有什麼用？」結案，是指就業獨立。蔡啓海老師苦笑著告訴我：「連專家都不了解，遑論外界。」蔡老師表示，很多事都要分層次，比如獨立這件事，重度殘障者永遠只能在過程中：開始能出門搭公車了、願與人接觸了、學習技能了，能參與團體了……，但對工作，他們只能部分參與而無法完全勝任，他們一生都需要有人在旁協助陪伴，無論是父母、社工、志工、工作人員或家託員，他們是絕對無法「結案」的。蔡老師指著自己：「我用自己做比喻，一百公尺要我跑十秒五，我到進棺材都無法做到，因爲我是小兒麻痺啊！」

這兩年畫話協會積極想擁有自己的家園，蔡老師說這家園，一定要有花園，讓駿翰玩園藝，要有一角落讓家長帶著孩子們做烘焙工坊，要有個展場，讓大個子智障孩子專門負責掛畫、布置，還要訓練孩子們儀態及說話，可以自己擔當展覽的導覽。

讓整個社會與這些特殊的孩子能有機會更靠近。

二十年前，蔡老師帶一個學生去臺北市立美術館送件比賽，因爲這學生是腦性麻痺而被拒絕。二〇一七年九月二日到十月八日，國立臺南生活美學館一場「ㄞˋ畫話ㄧˋ起來」畫展，標題直接下的就是「二〇一七身心障礙美學主題展」，「身心障礙」這四個字，第一次成為堂皇的美展主題，這是一大步的靠近。

駿翰的畫及繪本都有展出，其中有一頁他畫的是協會平日的繪畫課，那拄著拐杖的蔡老師，是艾草，因為「艾草邊緣鉅齒又有圖案，蔡老師是教畫的」，他的好朋友筱青是毛果竹葉菜，因為主動親近人，媽媽坐在他身邊是株車前草，問他為什麼，他笑笑不回答。

我回家查了一下，車前草，在任何惡劣環境都能生長，我沒查鳶尾草。

我只用駿翰去看，鳶尾草，敏感，脆弱，需要很多的了解。

陳駿翰畫作（一）

陳駿翰畫作（二）

天臺上

1

可以寫成一篇反毒勵志文章。但我更喜歡用「人」的角度去說這個故事：人的相遇、人的處境、人的一念、人的選擇、人的局限與可能。

2

通常，你在公開場合看見昭元，身邊必有愛妻麗梅。

昭元上臺用的 PPT，是麗梅幫他作的，昭元有點忘詞頓爹，她在臺下提詞打 PASS，昭元講到某些情節，她在臺下淚眼婆娑，昭元所分享的故事，麗梅上臺去做見證，往往更加相得益彰。

昭元與麗梅相戀三年，結婚七年，工作上、生活上，不管多惶恐，麗梅都定靜的對昭元說：「只要是對的事，我都無條件支持。」

當年每個人都說：「你怎麼敢嫁給一個吸過毒的人？」現在，人人誇羨他們夫妻的感情。

受訪時，麗梅微笑說著當年：「賭一次，我全部籌碼，都押一邊。」麗梅眞有賭徒的絕決氣魄，全輸，全贏，下注，離手，這一局，是傾宇宙全力的孤注一擲。

「我沒賭錯。」她說。

扮演戒毒人支持系統的角色，是險中事，失望灰心來得快，眞心恍若付流水，麗梅細膩聰明，她認爲不能以常情思維看待特殊的人，那反而會推他們走回頭路。

有一天，藥頭登門來找昭元——

三天後，昭元自己忍不住開口：

「爲什麼不問我？」

「那，你會嗎？」

「不會。爲了讓妳安心。」

「你要對得起你自己就好了，只是，也別忘了，你是有家庭的人。」

走回頭路實在太容易了，一點點鬆力、一點點軟弱、一點點小失意、一點點反正……、一點點不知爲什麼。都已戒毒八年多了，臺南衛生局邀請昭元當反毒列車的介穩講師，昭元還是考慮再三才敢答應，這事，最剔透的是麗梅，她說：

「戒毒三年，是開始；五年，是考驗；十年以上，是造化。」

深知其中滋味，因應才能處處到位。麗梅自己是過來人。

姐夫在她家供毒、吸毒、聚毒，家中來來去去都是吸毒的人，高中時的她和三個姐姐全都淪陷，她戲稱自己娘家曾經是「毒窟」。有一天，她親見姐妹間，爲乞討毒品的可悲可鄙的模樣，自尊感使她幡然覺醒，她在毒品唾手可得，二十四小時的吸毒環境裡，戒了毒。

所以，她說，環境當然會影響，成敗決定性的關鍵，還是自己。

二〇一九年佛光山慈悲基金會慈善座談聯誼會，麗梅和昭元受邀演講分享。他們站在大衆面前分享生命故事的第一步，來自佛光山黃重義督導的鼓勵。木訥的昭元問麗梅「好不好」，麗梅告訴昭元：

「你應該站出來，救一個人等於救一個家庭，救一個家庭，就是救很多人。」

現在，他們的演講一場接一場，從校園到監獄到軍中。而那天的慈善座談聯誼會，麗梅感念至今，直說因緣到了。她因不通佛學，答不全「布教師」的筆試，但她將自己經歷的心得，全寫在考卷上，結果慈善院破格錄取她，在聯誼會上，依來法師親手頒給她「布教師」的證書。後來聽師兄姊說，當天他們夫妻的分享，令依來法師很感動。

依來法師無聲示法，當有人很努力才站到「對」的一方，那麼，給他鼓勵、給他肯定，就是給他一份眞誠溫暖的力量，撐持他不退不轉。

3

我問昭元，成立了個人工作室，在長照無障礙空間改造的工作中，看盡老病孤苦，這會不會就是他明白生命眞相，分外珍惜眼前的原因？

他說，對生命的明白，比這更早，他曾親自送走自己的父親，和一路陪伴今已臥床，失智的岳父。

服刑前後十八年，來探監的父親，從五十歲的壯年人，到拄拐杖來、坐輪椅來、到中風臥榻終於不能來，這切身無法迴避的痛，逼得昭元認眞照見一個念頭：

「這就是我要的人生？」

佛光山布教師高友男的話，也深植在昭元心中，高師兄對獄中的他們說：「我管不了你們，只是很多事是可以選擇的，喝不喝水、吸不吸菸，都是選擇。」昭元說，他於是問自己：「我爲什麼不選擇不吸毒？」

父親過世前那段日子，昭元來得及在家親自照顧，後來，重度失智的岳父，潰亂失序的腦中，只記得昭元，只聽昭元的話，聽到「昭元」這兩個字才有反應，即便狀況百出，夏天裡戴安全帽穿好幾件外套趴趴亂走，迷茫中走去的常是往昭元家的小路。生命是這樣的，而他學會了，自己身上要背起家人。

出獄的他，曾一無所有，連吃飯都成問題，有一陣子，他們吃學校吃剩的營養午餐。而外面的誘惑從沒斷過，回頭路一直鋪在那兒，等他一個轉身而已。

「現在這麼難過，想過回頭嗎？」生活最難的時候，麗梅曾問。

昭元總是這樣說：

「今天已經這麼差了，回頭會比這更差。」

「現在還有一口飯吃，回頭就什麼都沒有了。」

「堅持住，我們就能慢慢的好。」

昭元從事房屋修繕工程，不只辛苦，還有危險性，他是這麼看待的：

「我錯過太多，現在很累，是應該的。」

這世上，只有麗梅能替昭元打分數：

「我沒有看錯人。」

「大家都放棄的人，現在成了家庭的支柱。」

4

電影《無間道》令我印象深刻的兩個畫面，一是天臺上，一大半畫面是天空，最遠處是海，總有兩個人在這兒見面談判，一正一邪，或二人都不正不邪，有時被丟下去的，是警官。另一個畫面是下墜的電梯，井繩把電梯下送，那往深淵去的力道，顯得巨大剛強。

掙扎、煎熬、沉淪、顛倒夢想都是無間道，一念，向上，這麼難這麼難這麼難。不時找昭元走回頭路的那些朋友，路上遇到昭元，都會由衷說聲：「恭喜。」恭喜。他們恭喜昭元，做到自己想過千萬遍卻做不到的，走上正確的路。

5

我和麗梅訪談中，昭元工作完畢回來，替我們又是拿杯，又是倒飲料。

十年前在臺中上班的麗梅，爲了帶父親看病才回臺南老家，名醫很難掛到號，星期一若沒掛到，她打算早早回去上班。沒料到掛號剛巧成功，看診完帶父親回家，她剛巧收到一封信。那是失聯了十八年的一位國中男同學，寄到她娘家給她的信。

信上留了電話，麗梅禮貌性回電：「找我幹嘛？」對方想來訪，她也官方語言一句：「好呀。」

昭元眞的來了。白髮蒼蒼，老實的臉，領口磨破的白襯衫，「眞像個老人，」麗梅笑著說。

那天昭元說：「我們去喝個咖啡吧。」

臺南北安店85度C的咖啡摻魔法，他們喝下就一路走向白頭偕老。如今都五十歲了，昭元擔心麗梅會辛苦，他們決定不要生小孩。

我們共進晚餐，餐後他們開車送我回安平古堡的會館，他們就是世間一般的平凡夫妻，又比一般多些很細微的默契。世間一般的平凡夫妻是怎樣？世間這麼

臺灣 · 澎湖

大，人生這麼長，就是有這麼一個人，讓你自然的站他身邊。而麗梅的自然，比別人還多些溫柔與勇敢。

古意的昭元對伶俐的麗梅說：「就算只剩一碗飯，我也留給妳。」麗梅則對昭元說：「即便我什麼都忘記了，你也要把我的手牽好。」這種精緻偶像劇的揪心臺詞，就出自眼前這一對，好似擰不出一點浪漫夢幻的平凡夫妻的口中。比一般世間夫妻，我想，昭元自然站在麗梅身邊，會比別人多很多，天塌了我頂的義無反顧。

車一直前行，往安平的這條路，不霓虹，不流麗，黑夜攏合，我想起傍晚我曾問他們下輩子重來一遍，最想做的事？沒遲疑，熟練篤定到私下大概說過一百遍，麗梅回答的時候，昭元溫柔看著發言人：

「我們希望下輩子，能早一點相遇。」

當時我點點頭，很主動的替他們追補了下一句，用我自以爲是的理解，和輕睇到的，他們眼底的一抹什麼。

趁下車前，看著前座他們的背影，我再複誦了一遍：

「祝你們下輩子早一點相遇，兒、孫、滿、堂。」

現在，就是最好的時刻

1

我去的那天滿座，臺灣失智症協會副祕書長李會珍表示，自從被媒體報導後，記憶會館「Young Coffee」每星期六都滿座，但負面批評也隨之而來，「協會缺錢還花錢租那麼好的地方」、「等太久」、「動作慢」……。

在座有一對年輕情侶，女孩說家中有長輩失智，她能感同身受，男友說：「我來給他們信心，讓他們知道無論多慢我都會等，沒關係的。」

2

有一塊記憶我沒刻意遺忘，但通常不太想提及。

有時的你會問：「他爲什麼會得失智症？」卽便你眞關心，你也不會懂，而且，你留多少時間聽我說？卡繆曾說過，不說有時是因爲說了之後會更失落。

更何況，有時的你那句「失智？失智不是很好嗎？所有不愉快的事都全忘掉了。」眞使我內心大崩潰，我不想承認自己脆弱的被這句話打倒，於是學會啞口，轉身，用背影去回應。

我後來變得很不想與不曾重重跌過跤的人對話，這必然是原因之一。

我爸六十二歲去世，那年我三十五歲，第一次知道世上有一種疾病叫「阿茲海默」。我細想過，爸爸在中重度之間時，我們才懂就醫，其實極輕度、輕度過程中跡象頻露，都被我輕忽無視，只因無知。

二十幾年後，我小弟也是「阿茲海默」，確診的時候五十五歲。被社會標註爲「老年失智症」，其實年輕失智和老年失智差異性極大，突兀反規範的言行，卻仍有正常的外表，妄聽妄想無法生活自理了，卻仍有四處走動的能力。一位年輕失智者在輕度時曾形容自己：「健康的身軀下住了一個失落的靈魂。」

所以一見「年輕失智者」這幾個字，我就尋來臺北泰順街巷弄裡這家咖啡館，雖然我弟已去世三年多。

Young記憶會館
The Home of Young People with Dementia
2019
豬事順心平安
年輕失智者の
Young Coffee
WELCOME

臺灣 · 臺北

那年我說「失智比癌症更可憐」的時候，你會睜大眼睛說：「怎麼可能？」那你聽聽今天在「Young Coffee」，副祕書長說的這段話：

「『癌症與失智，一定要你選，你選擇哪一項？』我常用這個提問當演講的開場，一開始幾乎一面倒向失智，當聽完整場失智症的說明，我再問一次，情況會翻轉。」

失智症有不同病型、不同病況、不同病程，深邃又迷離，背後還拉帶著長長的個人不同的生命際遇、周邊幸不幸運的有沒有適當的陪伴環境……。

癌症還有機會成全與感恩，失智症只有失序不可逆的摧毀力。

無知。你我都是。在失智症面前，人人渺小。

3

最快的方法就是慢慢來，最對的事就是順著來，最艱辛的就是不瞭解，不僅整個社會，連家庭都要重建互信關係。

「Young Coffee」裡名牌掛「店長」的那位大哥，發現自己情緒不穩、孤獨、愛爭執、性情變化而及早就醫，就因爲具有病識感，於是他強迫自己努力做記憶訓練，目前他繼續在圖書館當志工強記編碼，多用電腦記賬分析財報，手機裡將每天的各項行事密密做記載，到咖啡館工作，是他對自己「我還能做」的肯定，至於病況，「只要努力維持住就很好。」他說。

維持住，是的，面對病況不可逆的失智者，每一個現在，都是最好的時刻。而年輕失智者的退化特別快速。

「店長」說「失智者」身上有標籤，每當事情搞砸、錯誤發生、東西找不到的時候，常被認爲「當然是你」，這種不信任感使他覺得鬱悶，他也希望對「失智者」說話的語調，不要語帶指揮，但也不必用娃娃音、疊字或是「你好棒喔」這類令人不是滋味的語詞。

「一律正常對待。」這是「店長」代言的輕度失智者心聲。「店長」當場教了我們一句口訣：「伸手要錢花。」出門的時候，（伸）身分證、（手）手機、（要）鑰匙、（錢）錢包、（花）老花眼鏡都帶了嗎？

「店長」想趁現在記下想說的話，告訴大衆他究竟發生了什麼事，而我們是否也該耐心學習，面對一堵牆時，不要撞過去，你要繞過去。

有一位妻子，每次要失智的丈夫背誦姓名地址，就惹他大發雷霆，後來妻子讓丈夫每天去神明廳祖先牌位前，先報告自己是誰、家住哪裡，再一一唱名家人，祈請神明及祖先保佑全家平安。

當一位失智者重複說「去動物園」，總會被當成又在胡言亂語，後來才知道他想說的是：「兒子小時候，我帶他去動物園，現在兒子大了，換他帶我去動物園。」

年輕失智者異常的舉止常遭側目、冷眼、誤會，搭車時不友善的司機會對鈍慢的反應不耐煩、會質疑優待票造假。一位家屬表示，有一次失智的丈夫在火車車廂內情緒失控，她一直努力安撫，車廂所有人全都跑光了，只有列車長在一旁。她懇切的說，希望大家能多了解包容失智者，他們不是怪物。

「失智者家庭都要面臨心情轉換、家屬學習知能、居家生活重新安排的調適。」這是不變的律典，但話總是可以概括說，眞實的發生卻都是細節中的一點一滴，那些懷疑、否認、就醫、茫然、錯愕、困惑、脫序、悲傷、躁鬱、衝突、惹事……，都讓人陷在無底渦漩浮沉掙扎，而最大的傷痛是「他原本是個那樣好的人」，記憶愈美愈傷人。

失智症協會出版《可是我們還年輕》一書，由家屬寫下年輕失智的家人，每一個人發病之前，都是職場認真的員工，都是好配偶好爸媽，都想和牽手的人白頭偕老。醫生曾給一位年輕失智者三張小紙條，寫下最想要的事，紙條上歪斜的筆跡分別寫著：「我要健康」、「我愛我的太太」、「我要回家」。

臺灣・臺中

他們比我們更優秀、更努力、更付出，只是沒我們運氣好，運氣好的人不能不知道命運對自己有多厚待，更得要求自己學會一種本事，要能從破碎看到曾有的完整，從零落看到昔日的繁盛。

這樣說，你能懂嗎？人生不若你想像的簡單，世事卽若非親歷，也可以釋出友善、學著同理。

4

記憶會館已服務過二二三位年輕型失智者，收案平均年齡是六十五歲以下，服務過最年輕的失智者是三十八歲。「Young Coffee」的員工，無論內場或外場，背後都有專業嚴密的評值。平日這兒有課程及活動，咖啡館只週六營業。

李副祕書長說，有一位年輕失智者，兩個孩子才讀小學，外出工作以養家，成爲妻子的首要顧慮，她實在無法陪伴丈夫，每天，這年輕失智者，會自己來到記憶會館。

就醫、非藥物治療、腦的活動、陪伴者、社會大眾包容與友善，這些對失智者都重要，記憶會館會不會是失智者不定向記憶裡，可去的定向？

而這些，都需要每一個你的注視與了解。

遍食人間煙火

——仙女破盤的故事

初見我學妹乃光是在九年前的初冬。很晚了，人都散去了的惠中寺入門櫃檯邊。

高身材，濃豐密髮，雙眼皮很彎很深的一雙帶笑意的眼睛。

那陣子我正在寫《長生殿》新古典小說，裡頭嫦娥造型，原型用的就是她：眼神迷迷濛濛，髮髻高聳如堆雲，斜插一隻長長的丹箭……

很快的，我在大大小小我們共事的活動中，發現她領導吆喝的能力驚人，網路怎麼PO、場地怎麼布置、桌椅怎麼擺設、花怎麼插、書怎麼綁彩帶、工作人員怎麼穿著、動線怎麼走、甜點、杯水、胸飾、名牌、簽到簿……，無一不是乃光在發

臺灣・澎湖

落，最近我對人介紹她，用的詞是：「她是我們的總管，大當家的。」可以很美麗，也可以很強悍。

相熟之後學姊妹掏心說話，不免我要提到生命中自有的重大失落，她也會說些這啊那啊的不順利，我因此就胡扯瞎謅了一段情節，說我們身材如此高大，必是天上仙女，她在天庭打破盤子，我在一旁噗嗤笑得太大聲，於是雙雙被貶下凡來。天上犯了錯的，人間便受些罰。從此，我們偶有訴苦，我都說：「誰叫妳要在天上打破盤子。」

但慢慢的，我心中想法變了，這齣亂掰的戲，劇情重寫了。

馬祖 · 北竿

全都因由她漸漸開展的，不依附爲大團體裡重要的一分子，而是超拔高起以個人之姿娉婷著的，令人無法不注目的多種才能——

她寫美食專欄，她開始繪畫。

然後，她的專欄結集出書，《光譜廚房》每一道清爽可口蔬食的背後，都有一則溫暖的人情故事、廚娘獨特的生活美學、配有生活風格的照片，偶爾點綴她親繪的清新水彩插圖。林乃光上菜，於她的都市田園廚房，有文有圖有美食。

可以是作家，也可以是畫家。

可以烤箱炒鍋柴米油鹽，也可以安靜在燈下，忘我於畫架前。

新古典《長生殿》的後宮，有尚食局、尚衣局，天庭又怎可能沒有尚燈局、尚瑪瑙纓絡局、尚杯盤局？乃光如此多才能，我這一生卻只能專注寫作一件事，所以，我戲碼已修、情節已改，當日在天庭打破盤子的，是我，她是天界仙班的班頭，得什麼都管什麼都會。

我打破盤子被貶下凡，她是班頭，被連坐。大唐郭子儀不也是這樣嗎？是他的部屬誤了軍機，但他連坐也要被斬，結果在囚車裡被李白識才所救的，不是嗎？

二位仙女下凡來，入世有情卻也豪情各具。

盤子脆裂當下的錯愕，鐫刻在我懊悔的魂靈，隨緣、隨分、隨聚散於是成爲我的豪情，明白或不明白的都壓成祕密，反正天意更遼闊，我只負責日子的簡靜。她是班頭，果斷自主、具掌管能力，事事靈活擅調度，閃避不了的仍要對人事多關懷，持續波長熱幅射，有光有熱有色度，這是乃光的豪情。

讓我們成爲學姊學妹，彰化八卦山上的那所國中早已消失了（現在改爲藝術高中），但我們仍找得回彼此相認續情；天庭仙界早就幾劫幾世幾重天的時空無垠渺然了，但我們此世已來在佛前潛心修行。將來回仙界或留紅塵？這當然由不得我們自己作主，但白素貞千年修行也抵不了傘下的片刻溫存，乃光有與她偕老的「貝勒爺」（我給她先生的稱號），我看，她會像海飲無限續杯那樣，繼續遍食人間煙火。

這次我回天庭，想帶三一六不鏽鋼盤或幾可亂眞的塑膠盤回去，得去問問乃光學妹，哪一家賣得比較物美價又廉，報她的名或許還能打九折。

令人無法不注目，緩緩打開扇面的才能漸漸在開展，乃光出完這本書，下一步接著會是……，應該是開畫展。那開完畫展呢？

我班頭學妹，可以在仙界，也可以在紅塵。

凝視‧真正的看見

文學等於同情與理解。除此無他。

炫技吸睛暫緩，匆匆形色且慢，八卦是非退散，回歸到我們共同初起的元胚——生為人。

辛苦的、軟弱的、為難的、會變的、會犯錯的、有局限的、幸與不幸的，人。

並非所有事你都能親歷、深知，你只要對人、事，多些傾聽與凝視，至少，要一直維護著善良，願意弓身進入別人的內在，默默試圖理解。

在這之前，先學會不輕易下過多、過快、過淺的斷語，學會縮小自己，學會拋棄一向的俗世的法則。

同情與理解也許幫不了大忙，但足以讓一個人熱一下眶、拭一下淚、撫一下心，便再起身迎向現實，就足夠。

文學的必要就是因為，人會有痛苦及希望。

Chapter 03

流眄

帶自己去到一個地方，

將自己整個疊印上去，

被陌生地方一遍一遍反射映照自己。

滄溟一戰收，心路史家論

——我心目中的施琅大將軍

這二家樑子真是結大了

這樣，施琅將軍心理會平衡一些嗎？拿著報紙，你問我。

二〇一七年中樞主祭的民族英雄鄭成功祭典被「降格」了，改由臺南市長主祭。有人爲鄭成功的忠勇喊屈，有人大批「去中國化」，當天市長致詞時說「臺南已升格爲直轄市，市長位階提高，中央政府無需再派人參加。」內政部則說：「尊重多元聲音及觀點。」鄭成功政權來臺對平埔族殺戮的事，近一年來，的確突然被突顯。

這樁複雜的歷史問題，你問到我，我真要說你人機靈目色好，因爲我就是鹿港媳婦，施琅將軍直系孫媳婦。

「鹿港施（死）一半，社頭蕭（肖）歸庄」，施姓是鹿港大姓，但可不是住鹿港姓施的就一定是施琅後代，在無法滴血驗親的情況下，我認爲有幾項證據是很基本的。

「家有譜，州有志，國有史。」擁有家譜當然是絕對物證。第二是我施家祖墳墓頭的「潯海」二字。施琅是福建晉江衙口人，祖籍光州固始潯海。第三，鹿港天后宮右廂房，供奉引水灌溉彰化平原的施世榜，他是施琅的世侄，廂房牆壁上，掛了一幅康熙御賜潯海施氏族親輩分排行的「百世字行歌」，第二句是：「至性能純養正心得自由」，我公公「能」字輩、丈夫「純」字輩，女兒「養」字輩。至於第四項，很小我卻很立體的實境，我四叔曾帶我到老家附近的一間民宅，這家主人是我們同宗，上二樓，一轉進門，我看見桌上供奉一尊施琅神像！

還有一事，我沒列入證據，僅據實陳述。話說今年清明，我家族照例午後三點在墓園相聚，大家忙著動手鏟雜草、壓墓紙，我四叔洪亮的聲音響起：「少年ㄟ無興趣，老ㄟ破病ㄟ破病、沒庫ㄟ沒庫（沒了的意思），已經招無郎登去庫泉州衙口，麥成囉，已經找無郎囉啦！」

臺灣・澎湖・施公祠

然後，他又說了一事：「這是郎咧講，毋是哇講ㄟ，毋災是金ㄚ是假。講是施琅的軍隊來到鹿港，爲了展軍威，命令歸條街ㄟ全部都得姓施——，眞霸啦，這毋是哇講ㄟ，是郎咧講，毋災是金ㄚ是假——。」

我四叔眞是田野訪談的不二人選：事情眞假我槪不負責，我只說我知道的，而一出口就充滿聳動故事性。關於這點，我想我應該有傳到我四叔衣缽，我還不知道的那幾年也就罷了，自從知道我們是施琅的嫡系子孫後，有些朋友都聽我這樣說過：「難怪，難怪我看我們施家男生，無論多大年紀了，個個都

臺灣・澎湖・施公祠

好看，就有一種武將的端正氣概。」

懂些臺灣史的多少都知道三百多年前的施鄭恩怨，只要一出現施鄭聯姻，我保證民國一〇七年或一七〇年，要不證婚人、要不貴賓致詞、要不司儀先搶去說了，都一定會有人提起臺灣島上曾有「施家若起，鄭家就弱」、「施興鄭窮，鄭興施無種」的這段恩怨。這兩家樑子眞是結大了。

不只女人，大哥的人全都不能碰，身爲部將的施琅，竟然爲軍紀殺了鄭成功的親信曾德，鄭成功暴怒之下治施琅的罪，施琅逃走了，鄭成功於是誅殺施琅父親與弟弟，回無路，施琅悲憤投降清朝，四十年後，他率兵攻臺，結束了鄭氏王國。

從戰友變死敵

人生回不去了的事眞多。施琅與鄭成功，你聽，連名字並排讀起來都抑揚頓挫的好聽，而他二人果眞都是峻嶒奇男子，正因爲二人都飆奇特異，偏偏舞臺卻得共用，一主一副，一剛毅嚴峻一自矜自負，這場不共戴天恩怨導火線乍燃匋燒之前，一些微妙難解的情結已然早生夙有。

史料寫鄭成功眉高眼長、氣質凝肅，我想，讓明隆武帝一照眼就賜國姓兼賞尙方寶劍這一事，撇掉政治目的，也側寫出鄭成功的秀傑不凡。有一本臺灣小史就寫過，大意是兩岸三地華人世界若要找人演鄭成功？需要找嗎？啊不就金城武！是啦，中日混血當然是原因，但那作者眞的沒瞎矇，我看關鍵字就在「眉高眼長」，金城武眞的畫個八字鬍就可以是鄭成功了。至於施琅，偉岸魁梧，富見識，精兵法，尤擅水戰，這不正是個電玩遊戲裡，有炫耀的六塊肌，又有才有腦的經典大型男嗎？

在歷史的滾騰風煙裡企立特出，這二人實在太鮮熾太對等，他們從戰友變死敵的曲折情節，正史本身都已經像極了小說戲劇，遑論民間的傳說，二十一世紀的今天，他倆還在互別苗頭似的分別膺任海峽兩岸的民族英雄。但你說其實你一向喜聽的，是我自己所下的那些按語小評論，比如以往國文課本這行與那行之間，被我用來撐開行距的那些考試絕不會考的小感言，你說那兒才有人與人之間長深一些的對視。

是這樣的啊？呵呵，這樣的話，反正網路查資料很容易，那我就真的流露我的小抒情。

我的抒情軟歷史

我感佩卻也悲矜鄭成功。焚燒儒生巾服，決心棄文從武，以孤臣孽子自況，一生都在國愁家恨中，而他迎面無法迴身的每一樁困厄，偏偏又來得分外殘酷莫名。他拒絕父親的勸降而使父親身首異處。他母親被清軍所辱而自殺，下葬日，他剖開母親下腹，出腸滌穢後，重新放一個乾淨清白的母親於棺中。他狂怒著留

臺灣・嘉義

不住他倚重的最能幹部將的背叛。他的兒子竟然犯他的大忌，違倫亂紀。東南一隅以復中原，鼓浪嶼、海澄、同安、廣州、漳州、金門、福建、臺灣……，戰鼓聲中，失望總追隨在勝利的下一步，眞的收復有望嗎，還是路只能向前？

都說鄭成功冷酷寡情，但我還這樣看他：大恨與孤憤，生命中除此無他。眼底只有一種顏色叫望海，生命是濃得幾乎拉不動畫筆的鬱褐，近乎血乾。殘暴會不會是他害怕仁慈？寡情會不會是他不敢軟弱？仁慈與軟弱一鬆，是不是他泥固無聲的巨大寂寞會嘩然崩塌？

我也了解施琅。他隨鄭父鄭芝龍降清、受鄭成功招撫回歸明朝、再叛變投降清廷，這是他最被人非議的「三變」，但我想說的只有一句：「換成是你，你能處理得更好嗎？」動亂倉促中的聽命隨衆，是權謀投機或無可如何、是軍紀倫理的不抗命、是試試看的押碼、是最粗糙的安全，或是下一步成熟打算之前的過渡，跟著長官投敵，意涵的可能太多元，你可以去翻開戰爭史，尤其是國共內戰那一場。至於第二次降清，在我眼中，那已是命運的範疇，無關人品與氣節。

《臺灣通史》裡連橫用伍子胥寫施琅。《史記》中伍子胥萬死投奔吳國，成氣候後第一件事就是回來滅掉楚國以報父兄之仇，那時楚平王已死，他一邊嚷著自己「倒行逆施」一邊掘土、發棺、鞭屍。當時申包胥去秦國求援，秦王沒應允，申包胥賴在秦庭哭了幾天幾夜，秦國終於出兵救楚。連橫在說的是，施琅投清有何可議？欲報不共戴天之仇人心皆同，要問的是，當時臺灣爲什麼沒能出一個護國心切的申包胥？

一六八三年秋天，施琅一舉下澎湖，取臺灣，八月十三日抵鹿耳門，八月二十二日就來在臺南延平郡王祠前——，他跪拜磕頭痛哭，懇述忠孝不能兩全，感謝當年提攜施家父子之恩，佩服鄭成功對明朝的鞠躬盡瘁，也坦言自己背負父兄大仇，「今之如此，名爲其之，天意使然，四十年國仇家恨，糾葛至此，感傷不已云云。」在場聞者無不動容。

你的表情在問眞的嗎？本該八點檔本土長壽連續劇，竟然就這樣唏噓而感傷？施琅善待鄭氏家族，寬和的「撫綏地方」都是眞的，但人會改變也是眞的。

清初政策曾一度不再議征臺之事，騎鯨乘浪的施琅被調回內地北京，整整有十三年之久，但他心繫沿海，日日研究風潮信候，懷著不共戴天之仇，他俟時以待命。

我總在想，時光會有無痕無跡的改造力，這安靜漫長的等候中，讓他不再只是褊狹武夫的造就因素，是降臣的微妙立場，是等待中意念的調轉，是沉著少言的他無聲深切的領悟。施琅夠聰明知進退，報仇的小我意念含融在更大的資源力量中，完成本身就是目的，何須標註高舉？或者，他懂什麼叫做贏者的風度。鄭克塽投降，臺灣「舉國歸命」那一天，人人以爲會成爲復仇王子的施琅卻說：「今日事，君事也，吾敢報私怨乎？」，取下臺灣，是國家的要事，國君的英明，我的私怨算什麼。

聰明能教人看清眞正的尊榮，那年中秋月圓，羽林奏捷月明中，收復臺灣令康熙高興得當場脫下御袍要賜給施琅，並冊封他爲靖海侯，子孫世襲罔替，賞給施家的封地幾乎占去整個的臺南，這就是史上所謂的「施侯大租」。但是施琅上書辭侯位及賞賜，他請求比照內大臣禮，他「只要一枝花翎」。

花翎是清朝居高位的王公貴族特有的冠飾標誌，當時是至尊榮的象徵，外臣從無賜花翎之例，康熙特旨答應了，並給予原侯位與賞賜。施琅創下了大清外臣賜戴花翎的首例。

破局並超越。施琅的眼睛早已從凝目報仇抬起，他看到這座皇宮殿宇能給他的，比報仇大太多。他什麼時候明白的？時光會有無痕無跡的改造力，浸潤無聲，十三年，六十三歲，對改變視野與格局，這些數字都夠。

傾斜與平衡

鄭成功與施琅對臺灣的策略不同，貢獻也不同，但眞正知道臺灣戰略價值極高，土地物產美沃豐饒，非常值得長期管理經營的就屬他二人，他們眞算是臺灣的首二知己。尤其是施琅，當時滿朝一片棄臺論連皇帝都動搖了，是他的一篇〈恭陳臺灣棄留論說〉極力保住臺灣，但在臺灣，主祀配祀的鄭成功神像共有四百多尊，施琅的神像，十根手指頭不到。當年攻臺隨軍留在澎湖的施家子弟，背負施琅為清朝效力「漢奸」的原罪，卑微害怕的以「施祖為奸，後代不才」贖罪而改姓「才」，避居於西嶼內垵一帶。

澎湖馬公天后宮旁有一間三級古蹟「施公祠」，是全臺唯一主祀施琅的廟，小而樸素，路經的觀光客很少注意，以為是「電視劇裡辦案的那個施公吧」。當年施琅功大，在臺灣有兩座「施將軍廟」生祠，一座在臺南府城寧南方的樣仔林，今已不存，另一座在澎湖大山嶼媽宮城，今馬公澎湖醫院一帶，後遷於現址，祠前有副對聯：

施門心路史家論
公廟威儀菊島瞻

菊島瞻，肯定其功蹟，史家論，仍有所爭議，哎，這兩句話，真是施琅在臺灣史扉的全然寫照，不因身為施家孫媳婦，是因為我一向的史觀，我還是最喜歡福建晉江施琅紀念館的這副對聯：

平臺千古，復臺千古

鄭氏一人，施氏一人

這一次，他們才終於等高齊平。

史書記載鄭成功三十九歲死時「狂怒囓指」，《閩海紀要》寫他「頓足捶胸，雙手抓面，大呼而逝」，他一生生氣的事很多，死前這次包括他氣得要殺兒子鄭經與孫子鄭克塽。而施琅，他第二個兒子是有「清代第一清官」美譽，「施公奇案」裡的施公施世綸，第六個兒子施世驃，渡海平定臺灣朱一貴之亂有功。到後來，人們最愛拿來比較的是子女，那麼，從世間法這角度看，施琅比鄭成功好命。

康熙三十五年（一六九六）施琅卒，贈太子太傅，與妻王氏、黃氏合葬。享年七十五。榮華終其身。

時光、際遇、看得見看不見，生命每一細節都深邃奇妙，錯綜影響交互出意義，但概括的說，我認爲決定人一生是三大因素：個性、本質，只能照著描摹的既定命運，以及對所有發生的覺與微悟。

當然史書不會這樣寫的，這全是我的小抒情軟歷史而已，人生比氣長，原來也可以這麼看。

那麼，中樞不再主祀鄭成功，施琅將軍心理會平衡一些嗎？我問你。

滄溟之深，不能比其大，我們只能透過海面跳躍著的薄金光芒，去著色它的邊際。歷史就像月光下的汪洋大海。

P.S 外一章

二〇一〇年五月，報章媒體競相報導鄭施第十三代後裔代表在「第二屆海峽百姓論壇」會中，相擁一抱泯恩仇。詩人鄭愁予是鄭成功的十一世後代，我丈夫施先生是施琅的十六世後代，其實，早在二〇〇三年秋天，日月潭的翠湖小碼頭，鄭愁予與施先生第一次見面，下著微雨的夜晚，遲到的施先生不遠處急急走來，碼頭上的鄭愁予立即起身去相迎，在浮棧板上兩人相視迎面，不約而同伸出右手，靠近，雙掌緊握久久，那時，鄭愁予就說了：「鄭家和施家的恩怨，在這一刻全泯。」

孤拔元帥與小遊客

1

教歷史的朋友回答我：「通常我們對敵將著墨不多。」

我去澎湖馬公七、八趟，路過觀音亭數十次，好幾次在民生路民族路交口的全家便利商店買水、喝咖啡，都不曾知道，就有一位赫赫敵將的紀念碑。

我很喜歡站在馬公中正路頭，看眼下一條繁榮市街陡坡通向街底的大海；日常很近，框著夢想長長的，直直的，溜到港口貼向晶藍海洋，翻波濺浪一整個就揚開了去。多像一個人的生命史。

我哪知道，站在那兒，我右手邊就有一片比海還深廣的，許多生命累積成的近代大歷史。

馬公金龜頭砲臺遺址。

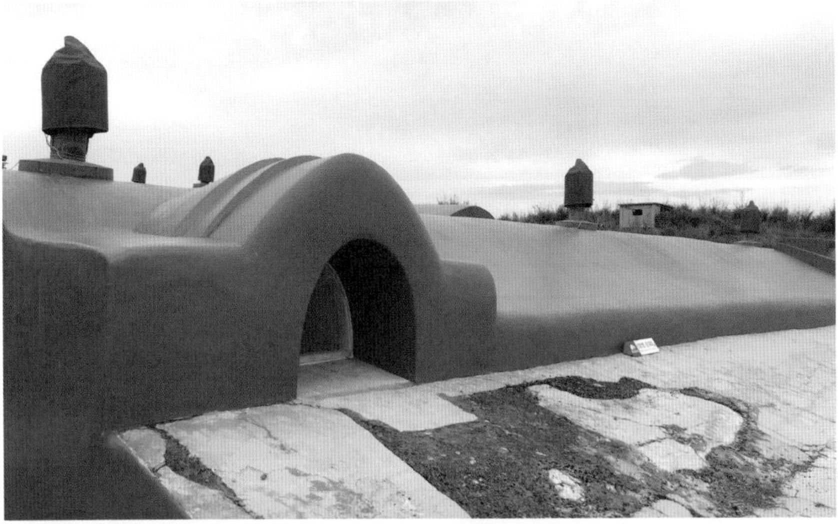

馬公金龜頭砲臺穹隆式兵房（上）。位於馬公民生路民族路交口的清法戰爭紀念碑（左下）。位於馬公民生路民族路交口的孤拔紀念碑（右下）。

我問的是法將孤拔（Anatole-Amedee Prosper Courbet，一八二七～一八八五）。

2

作爲敵將，你不得不承認這名字譯音得太成功了，不僅顯得苛刻寡恩，且令人圖像記憶，我身邊朋友，我不信他們記得清法戰爭，但人人都說：「我知道，這名字在歷史課本有讀過。」

這敵將，上岸過臺灣基隆，最後死在澎湖媽宮（今馬公），人不親土親，這讓我想多知道他一些，比如他會是怎樣的人。我常住的飯店在馬公港邊，當年法軍幾處登陸點之一，就是這媽宮港，港灣西南海岬的金龜頭砲臺，曾是澎湖廳火力最強大的砲臺，於清法戰爭中被摧毀，戰後再重建，歷經清朝、日治、民國，百餘年來都是扼守馬公內港的第一線，有「天南鎖鑰」之稱，砲座、穹隆式兵房、坑道、甬道、土垣、冷卻砲管拭布的水坑，都爲戰爭歷史留下清晰的紀實。

國定古蹟金龜頭砲臺於二〇一六年四月正式開放，不知這坑道、那碉堡是屬於那個年代的建築？只消看其中眞人大小的公仔駐軍，是淸軍、日軍、國軍就一目了然了。

3

淸法戰爭背後的政治交涉很多，自從我讀了我朋友借我的大一疊歷史書，還眞怕一說就會三天三夜。西方工業革命與中國慢嘟嘟夜行船，法國皇帝拿破崙三世熱衷於擴展東方殖民政策，兩國爲越南（安南）宗主權的爭奪，爲了臺灣北部那「灰黑，氣味如硝礦，可代薪燄，甚烈」的上好煤礦，爲了取得和中國北京談判的籌碼……，這全數相加相乘還不只，簡單一句就是，臺灣好。

不從葡萄牙人驚豔的「福爾摩沙美麗之島」說起了，珍珠港事變後，張愛玲從香港回上海，在一個初夏輕陰的下午，乘船經過南臺灣，遠遠望見淡靄中，國畫一般淺翠綠欹斜秀削的山峰，也寫過她「站在那裡一動都不動，沒敢走開一步，怕錯過了，知道這輩子不會再看見更美的風景了。」

我最愛讀的，是當初淸朝考慮放棄臺灣，水師提督施琅力保臺灣〈恭陳臺灣

基隆中正路上紀念清法戰爭殉國清軍的紀念碑（右頁）。位於基隆中正路上的法國公墓（左頁／上）。紅白藍三色漆牆的基隆法國公墓（左頁／左下）。不同軍服的公仔說明建築物的年代，此為清代指揮所（左頁／右下）。

清代指揮所

棄留疏〉中對臺灣的形容：「備見沃野膏土，實爲肥饒之區、險阻之域。」擬而爲人，不就是又富美、又能幹、又超會護衛家園？假若拋棄臺灣，施琅老早預言了，很多人無論多遠都會趕來搶，臺灣「不歸於番，不歸於賊，則必歸於外國。」果眞寇自外來，比內亂還嚴重，荷蘭、西班牙、英國、法國、日本。治臺官吏藍鼎元也說過，因爲臺灣海外天險，最利墾闢，「利之所在，人所必趨。」

清法戰爭的戰場有越南、中國東南沿海西南邊境、臺灣及澎湖。法將孤拔率領的遠東艦隊，於閩江戰役殲滅清朝福建水師、南洋艦隊後，一八八四年八月至一八八五年六月間，法軍與清軍在臺灣北部與澎湖，發生過幾場戰爭，如基隆戰役、淡水戰役、澎湖戰役。因敵方是法蘭西，這些戰役總稱爲「西仔反戰役」。

清法戰爭中有一段不戰的戰叫封鎖，封鎖線最長時期，從蘇澳、基隆、直到南岬（鵝鑾鼻），法軍共動用三十五艘軍艦形成長鍊，封鎖臺灣全島。清法戰爭中也有一段被稱做不敗而敗，影響中國歷史的戰役叫鎮南關大捷。已告老還鄉的六十八歲老將馮子材，重被起用，赴西南邊境指揮與法軍的戰事。他於鎮南關築長牆、挖深壕、用戰術，一八八五年三月二十四日，法軍猛烈砲擊高牆，馮子才與二子身先士卒，以帕裹首、草鞋，大呼躍出牆垣衝向敵陣，持長矛行肉搏戰，將士受感召士氣激昂，大破法軍，五日後收復諒山，一路追擊，整個扭轉了清法戰局。

這場大敗仗使法國內部矛盾激化，總理茹費里爲此引疚下臺，但戰勝國並未乘勝追擊，前線被下詔罷戰、撤兵，與戰敗國於六月九日重新談判，訂下沒獲任何利益且有所退讓的〈中法新約〉，兩國重開貿易，法軍從澎湖撤兵，停止對臺灣的封鎖，清朝從越南撤兵，中國失去一千年來的藩屬國，越南從此成爲法國的殖民地。就光憑這兩件事，你完全可以窺見或想像，清法戰爭充滿戲劇性過程的波譎雲詭。

我讀清法戰爭，的確第一次正視海戰的慘烈，血肉模糊火燒水淹的砲戰、魚雷之後，緊接著是慘烈的登陸戰、肉搏戰，還有氣候、水深、險風、惡浪等巨大天敵，一下船登岸，成則矣，敗，回路艱難，受傷的人哀嚎著浪湧中被繩索晃盪吊拉上船。「陸患有形，海之藪奸莫測。」當年施琅以此強調臺灣海島地形的要勢，其實也說中了海戰凶險的深不可測。

四邊除了大海仍是大海，日夜顛簸湧動，無岸、無際，那麼，切一個挑高角度來看，每一艘船艦不就無異於一座孤島，孤絕，無靠。船上的人，是不是一定要有比一般人更堅定的什麼，如錨的深抓嵌入海床，才足以去對抗那四邊除了大海，仍是大海的大海？

4

基隆客運一〇三，海門天險站下車，藍白紅三色圍牆就在眼前，怎麼有人會漆這樣？心頭正閃過這念，猛地明白，這是法國三色旗啊！

基隆「法國公墓」。築墓年份都是西元一八八四及一八八五之間。園區介紹文字提及，這些法軍陣亡將士的墳墓：「早於法軍攻臺期間便已建立。」《孤拔元帥與小水手》書中有這樣的句子：「戰死的屍體必想辦法立卽送到後方。」

當年法軍於基隆登陸，兩軍於北部山區有攻防戰，距法國公墓幾十公尺的「民族英雄紀念碑」，是同場戰爭中清軍將士的遺骸，兩處今合稱清法戰爭紀念園區。

CL 帶著孫子沒進墓園，隨後她問我：「怎麼樣？」答題空間很大耶！我簡單答了：「命同，運不同！」法國公墓是法軍戰爭當時就做妥了，清軍的是叢葬，日治時期開馬路，屍骨暴露，民間自發出資建塚刊碑，原名「淸國人墓」，一九五七年才遷葬於此並改名。

《孤拔元帥與小水手》這本書①，是跟在孤拔將軍身邊一個十五歲左右的小水手Jean L.，於淸法戰爭期間，寫給母親的一封一封家書，猶留少年的天眞口吻，箋注似的側寫了這場戰爭，更寫下他由衷崇敬仰慕著的孤拔將軍。

伏爾泰說：「僕人的見證經常比國王的見證還有價值。」

孤拔的外表確很孤拔，Jean說他皮包骨瘦得像殭屍。他紀律、斯文、細心，身上具有冷峻嚴肅與深受愛戴兩種矛盾弔詭的特質，他治軍嚴，下命令的方式簡利明快，運籌帷幄愼密無比。Jean形容孤拔說話短而有禮，卻深具定心丸效果，尤其能鼓舞人心，每句話都會讓人莫明其妙印入腦海，像「用鐵槌把釘子槌下去一樣。」

書中不只一次提及，有些人爲了本身榮耀，可以不惜犧牲一條人命，有些軍官認爲只要大膽，什麼事都可以成功，戰勝後誰也不會多苛責什麼，但跟孤拔在一起不會有這樣的事發生，雙方交手會賠上更多人命時，孤拔就毅然決然放棄。

「跟也要跟對人」小水手Jean說：「他是水手之父。這個人……，他不會把我們當砲灰。」

孤拔是常勝將軍，被稱爲「勝利之神寶貝的孩子」，不過Jean說：「這是因爲他知道什麼時候應如何小心處理，而且不會像烏鴉啄核桃一般盲目亂來。」

法軍在離家好幾千里的地方打戰，敵人滅不完的永無止盡的增援，國內輿情漫不經心的批評，國會議員以此作爲選舉的政治操作，還有那莫名其妙的封鎖……，但最痛苦中的，莫過於登陸後染上的痢疾、霍亂。清法戰爭病死的法軍人數比戰死的多。

而孤拔每天再忙，他都會離開拜雅號，有時獨自一人，有時跟一或二個軍官到醫院慰問巡視。有一次，Jean被派拿著甜點包裹跟孤拔元帥去醫院，醫院裡是他沒看過的淒慘景象。

Jean寫了一段他聽來的故事，有一位染上破傷風的垂死的軍士，牙齒咬得死緊，嘴裡只重覆迸出：「媽！媽！」孤拔走過去握住病人的手說：「你很愛你媽媽……」

「元帥……」軍士回神一下。

「當好兒子非常好……，你下次跟她見面的時候，我會盡量讓她看到你鈕扣孔上面有紅色的東西[②]。」

這軍士是最好的戰士，曾在淡水戰役救了十多位受傷的人。當孤拔元帥告訴他這句話時，他的牙齒奇蹟般地鬆開，叫了一聲：「元帥萬歲！」

不一會兒，這軍士死了，「元帥的雙手沒有從他身上縮回，一直握到他嚥下最後一口氣爲止，我可以感覺到，這位海軍陸戰隊士兵在他的痛苦中帶著些許幸福走了。」

孤拔不會哭的，Jean 說巡病房時，「在病床前面，我看見他的下巴抖動得很厲害。」

書中的第一封信，Jean 就對母親說了這一句話：「我們都想粉身碎骨的爲他效忠。」

5

孤拔元帥沒能避免受政治力的干擾，清法戰爭最終目標不在於戰，在於和，在於拿到談判桌上的籌碼，孤拔主張那麼就直搗煙臺、威海衛讓北京朝廷退讓吧！國內卻只要他拿下北京並不爲意的臺灣。對臺戰雖爭雖常勝卻沒能全面勝利，戰

今日悠閒的馬公碼頭

到要封鎖，其實很令軍心厭煩，戰士們渴望的是閩江戰役那種豁出去的奮戰。

轉戰澎湖眞像長期鬱滯胸悶後，轉換的一口舒透的氣。砲戰後登陸戰，一八八五年三月底，法軍泊停媽宮與西嶼之間的澎湖海灣，三月三十一日，法軍進到媽宮城。澎湖的港口風平浪靜，水深度十公尺，不管多大的船進港口，都能流暢通行。

將這一切看在眼裡，不只是軍事要地，這裡會是轉運站、補給站、會是法國最好的新殖民地，孤拔下令永久定居下來。

很多東西從法國運來，短短一個月內，法軍發揮驚人的意志及力氣，建設狹軌鐵路、煤炭倉庫、商店、工廠、設立醫院，各種行政單位都具備，他們還打算在媽宮籌備一個軍需品供應中心。

一切都按部就班有秩序的建立起來，除了疾病。那恐怖的熱病、赤痢、霍亂令人束手無策。很勞累、一直硬撐、氣色不太好很久了的孤拔元帥，也患了這會死的病。

好不容易建立起的一片嶄新願景，也像一種漂亮的成功，一夕成空。〈中法新約〉六月九日簽訂，澎湖要撤軍。六月十一日，病倒了的孤拔元帥逝世。

第二天，水手們在降半旗的船艦上聆聽悼詞，其中有一句讚揚孤拔元帥是「軍中美德」的典範。小水手心中雖感動，但更希望他們能改成「海員的美德」或「海上的美德」，小水手想說的是，海員本來就有較特殊的美德：「寂寞、大黑夜、空間，所有這些把你造就出一個與衆不同的靈魂，一種比較有深度，比較……。」他難以盡達的心意，我想應該是他深刻理解著海員安身立命的艱辛狀態，而他近身親見的孤拔元帥，已由此詮釋且形塑出，最卓越完美的生命典範。

小水手回法國前給母親的最後一封信寫於六月十五日，他恨不得代元帥死去，「不要怪我，媽……，有什麼辦法呢，我很喜歡他這個人……。」

法國小說家皮耶．羅逖（Pierre Loti，一八五〇～一九二三）③，當時是澎湖的海軍上尉，他寫下的〈孤拔提督輓詞〉，以這樣的描述作結：「我不曾看過執槍的水兵哭泣，但此刻所有儀隊的水兵，卻靜靜地流著淚。」孤拔元帥遺體回到法國，當然會有一個比這遠地海灣更輝煌萬倍的隆重喪禮，可是「國人能夠爲他做出什麼，國人能夠爲他造出什麼，比此刻這些眼淚更美的東西呢？」

6

我於是懂得注視馬公中正國小羽球館邊的「孤拔紀念碑」。

旗艦拜雅號載孤拔元帥遺體離開澎湖歸葬故鄉，法方立碑並埋下孤拔遺髮、遺物於媽宮城北，每年均由法國政府匯款管理。一九五三年（民國四十二年）碑移於現址，孤拔遺物遷葬於基隆法國公墓，後法國將遺物遷回，今僅留碑。

我只是個輕鬆漫遊的小遊客，別過頭，就可以滿足於自己編織的海洋與遠方的想像，因由歷史，海洋才變得皺褶疊重，藍層次翻掀萬千，讓人看見浪花一拍拍推湧著的，原來是靜謐深邃的時間。一晃眼，拜雅號、凱旋號、德斯坦號、迪沙佛號、阿那米特號列隊駛過澎湖港，旗幟在風中獵獵作響。

澎湖的海總是那樣藍，顯得死亡分外典麗莊嚴。多知道敵將，戰事似乎才能被幾度空間的穿望，勝敗原來也不是最重要，一分一秒的過程與細節充滿生命的至大承擔與深重細膩的考驗，人，就這樣從扉頁騰飛躍出，讓閱讀歷史的人心頭一熱，仰頭看成永恆。

「臺灣天下東南形勢在海而非在陸。」施琅在說。

臺灣・澎湖

孫開華將軍比劉銘傳沒爭議，這個數度守衛臺灣的湖南人，打贏淡水之役，是連敵人都尊敬的對手。

孤拔到最後一刻，都神智清醒，他不能說話時，指了一指法國國旗。

戰場上拚命的打，戰爭一結束，我又只想變成這些人的同志。說這話的是小水手Jean，他這樣說敵人。

……

很多地方都不過是一個碑，一處遺址，一座城牆，一段簡介，而我只是小遊客，來來又去去，知道或不知道更多，都不會驚動這世界任何的一點什麼。只是一向在大海面前輕飄渺小的人，漸漸也會希望，有一天，讀懂大海。

註

①鄭順德譯。中央研究院臺灣史研究所籌備處出版。

②指勳章。

③原名朱利安．比奧德（Julien Viaud），一八八六年發表世界名著《冰島漁夫》。

中華路七十三巷

未列古蹟的古蹟

廟宇多古蹟密集，早熟的城市都這樣，比如臺南，比如彰化，在這種城市的舊城區市中心，不經意的小逛晃都可以迷走時空收穫良多。

彰化三角公園仔走到文化局，也就是一截中華路加孔門路，距離不過幾百公尺，可說可看可吃的知名小吃、古蹟、歷史建築，尚存在看形不存在看影的，就有開化寺、城隍廟、大元麻糬、古月民俗館、義美卦山燒、銀宮戲院、孔廟、大成幼稚園（遠溯白沙書院）、木瓜牛奶、黑肉麵、古月園酒家、東門……。

彰邑城隍廟，地址雖在民生路一二九

巷八號，從中華路七十三巷拐進去更方便。

刻有警世對聯折斷了的石柱，堆疊在七十三巷廟牆邊，廟埕還留有一堵老紅磚牆。清雍正十一年（一七三三）邑令秦士望捐俸倡建，幾經重建，後年久破損於民國六十年（一九七一）成立重建委員會，民國六十一年（一九七二）就地重建，六十四年（一九七五）峻工，因在《文化資產保存法》制定前重建，彰化城隍廟未列古蹟。

特殊的刻板印象

整本《聊齋》我已最喜歡〈王六郎〉這一篇，沒想到城隍爺的民間故事架構和〈王六郎〉類似，情節卻更豐富曲折，而兩篇無論水鬼與漁夫都一致有情有義，前者籠統說後來水鬼去當地方官了，後者則直接就說水鬼變城隍。

「城」爲城郭，「隍」爲護城河，「城隍」就是保護地方祈求民生安定的神明，並以公、侯、伯分等，府城隍封爲威靈公，州城隍封侯爵爲綏靖侯，縣城隍封爵爲顯佑伯。彰邑城隍廟屬於縣城隍，民國九十年（二〇〇一）該廟管委會在擲筊請示後，晉升為「仁愛侯」。

至於城隍是自然神或人格神？大體而言，古書多有以某人擔任城隍的記載，比如戰國四公子之一的春申君，就被當做蘇州城的城隍，有些城隍爺成神之前都是有惠政於民，但城隍掌管司法、陰間與保境的神職，是逐漸發展而來的。

但坦白說，人們對「城隍」的由來、制度興趣根本是很缺乏的，因由特殊的刻板印象，對心中深信而敬畏的對象，人們通常並不想細溯來由，只求立即展現的力量。

二〇一七年春夏之際，我在彰師大臺文所講課，提到彰化城隍廟對聯，當我說其中我最愛「天知地知子知我知何謂無知，善報惡報早報遲報終須有報」這一聯，因為法律氣死人的，至少還有個城隍，當場學生們神情所給的回應，讓我認為這一刻絕對是那整堂課人氣曲線的高點。那幾天剛好臺灣社會幾椿慘案的司法輕判，令人到了甩報紙的地步。

這就叫「特殊的刻板印象」：對城隍爺，我們愛這世上除陽官外還有個陰官，我們愛這官能日審陽、夜審陰，我們愛他鬼怪無可遁形的遶境出巡，我們愛他專屬的夜訪、我們愛他是弱者伸冤唯一的援手、我們愛幾斤歸幾斤幾兩歸幾兩的算法，我們也愛廟裡那神祕莫測的陰森，因爲世間昭昭反倒令人看不到賞善罰惡……。我們愛將失落的公道拾起，衷心託付。

臺灣社會不乏警察請求城隍協助辦案的例子，考警校、司法官的准考證也不時擺在城隍廟的案桌求保庇，尋人、找物、官司、冤屈，大家都求城隍。

十幾年前南投建醮活動，全縣神明都被請去會場供膜拜，城隍爺也在座。友人 Jean 應招商去擺攤賣水晶、天珠，有一個自稱攤商管理委員的人，說這兒二千元租金外加水電二百五十元。到第五天，生意實在不好，Jean 根本付不出租金，愁雲滿布走投無路下，走向神明聚處，她獨向城隍老爺哭苦，請求主持公道。她說：「我是南投人，回來家鄉做生意還要被外人欺負。」

恐怕淚痕還沒全乾呢！當天下午，那攤商管理委員的攤子被砸了，人被打傷落荒而逃，原來這人的債主找上門來了，事情鬧開後，正牌的管理委員出現，說租金是八百元啊！Jean 說，她完全感受到令人震懾的城隍爺的神威，報不報自有遲速明暗，但她親歷的這樁，報得眞是神速，不只現世，是卽刻。

彰化・城隍廟

有獨門特色的廟宇

溽暑盛夏我再訪城隍廟，看見廟埕已搭妥戲臺要爲城隍爺慶誕辰。原來農曆六月十五到了，莫怪乎巷子已停了一部遶境的車。

彰邑城隍廟的匾額，愈往內掛年代愈久，最外的署名是李登輝，最內的是乾隆二十二年「理幽贊明」古匾。凡城隍廟的對聯都警世，彰化「好大膽敢求我，快回頭莫害人」在我眼中最是響亮。

廟裡二十四司、手持筆簿文判官、手持劍鞭武判官、牛頭、馬面、范將軍、謝將軍、枷爺、鎖爺個個都就位，還外加了桌下的虎爺。每年農曆七月一日鬼門開，廟方都會將陰陽司請到正殿前的供桌上坐鎮，旁列范謝將軍、牛頭馬面、枷爺鎖爺六尊神明供其差遣，聽取民間疾苦，也受理冤魂喊冤。

大算盤，是城隍廟的獨門，一只木質大算盤就高懸在彰邑城隍廟大門後，黑珠一珠一珠細數人在世所做的善惡是非，算盤兩邊冷冷寫著：「你來了，算一算」，澎湖馬公的比較直接：「你來了，悔者遲」，但論起顫慄度似乎要屬臺南府城那讀起來音節自然放慢，一切了然且等你很久了的三個字：「爾來了」，左營的大算盤命名為「自問心」，橫式思考，一珠一珠你自己最知。

而彰邑城隍廟的獨門，應屬那一對巨燭，往例每年都要二對燭，一過年一農曆六月十五點燃，終年燃燒，現在，人們觀念不同了，燭煙會薰黑剛整修的廟宇建築之外，一對蠟燭六萬元的成本也實在太高，彰邑城隍廟決定現場這對燭燃完，便要撤消這樁獨門了。

很多年前，住城隍廟邊的居民親口對我說，有一天半夜，他聽到廟裡有斥喝聲、拍板聲、問口供聲，鐵鍊拖地行走聲，隔天，鄰居們相互打探，原來不只他一人，是好幾個人都聽到。廟公說：「這種事現在不會有了？」是嗎？我問，他篤定的告訴我：「車水馬龍的車聲這麼大，吵得地靈輕了，那種聲音就不再被聽見。」

城隍廟的陪祀神

觀光客踅進中華路七十三巷的，我想，大多數爲的是大元麻糬，順便行禮一下城隍爺，很少人知道城隍廟的陪祀神。

城隍廟主祀神與陪祀神之間的角色關係，完全呈現出城隍爺的多元職能：

城隍廟陪祀神通常有下屬、家屬、儀衛，這呈現出人們對神明世界的想像如同人間社會一般親切，即便城隍是陰官，也仍是人民心中的地方官。

城隍廟陪祀神常是名宦、忠烈、地方上死亡的義勇及節婦，這與主祀神惠於民的精神相得益彰，也讓忠勇死節之士的神靈安定而永享香火，守護地方的意義分外明顯。

遶境夜訪鎮壓諸鬼，城隍廟裡鬼使幽森，城隍爺鬼王與陰間執法者的形象鮮明無比。

城隍廟陪祀的通常還有治病與求子順產的神，這是守護的另一種形式。

明末清初，觀音廟已相當普遍，千處祈求千處應，觀世音是人們日常最常祈禱的神明，城隍廟多以觀音爲陪祀神。重建後的彰化城隍廟，二樓即爲觀音殿，主祀觀世音菩薩，龍邊配祀城隍夫人，虎邊註生娘娘及邑主姑娘劉滿姑。這些是最標準的城隍廟陪祀神。

城隍夫人常是城隍廟的陪祀神也稱配偶神。到了元朝，皇帝體恤城隍爺的孤單，下令配祀夫人。這也和城隍的人鬼性相關，成爲神明之前是人，家人的存在是自然的，新竹城隍廟的家屬神，除了城隍夫人，還有城隍兒子及兒媳，宜蘭的城隍廟還安置了城隍的女兒。

城隍夫人主掌婚姻幸福，保護家庭和樂，也處理婆媳問題等家庭大小事，臺北霞海城隍廟因此衍生出城隍夫人的三寸金蓮「官鞋」，（又名「馭夫鞋」、「幸福鞋」），能叫小三退散，悍衛著大老婆的權利，只是請回家中後，最好放在櫃櫥裡，鞋尖向內不能向門，以免老公常往外跑。

專管人間生子順產的，捨註生娘娘還有誰？生男生女的意願，還可以在註生娘娘的同意下進行「換花」。生第一胎的，想求男，供十二朵白花，想生女，供十二朵紅花，男女都可就六白六紅；生第二胎時才可換花，想生男，拿紅花去換回註生娘娘案桌上的紅花，想求女，帶白花去換回紅花。

邑主姑娘劉滿姑，湖南湘潭人，是彰化知縣劉亨基的女兒。乾隆五十一年（一七八六），林爽文之役起，勢力攻陷彰化城，劉亨基一家殉難，當時劉滿姑僅十七歲，奔水池自盡，因水過淺未死，號哭痛罵，叛軍割其口鼻，遂遇害。

連橫《臺灣詩乘》收錄清代詩人陳裴之的雜言古詩〈臺灣三仁〉，其中〈劉烈女〉一詩，就是描寫劉滿姑的殉難經過：

戀父必甘白刃蹈，滿姑死烈刃死孝。罵賊不畏遭群凶，滿姑死孝還以忠。三尺刀光一尺水，滿姑知生不知死。君恩隆祀臺灣城，滿姑雖死仍如生。史乘千秋載奇節，劉郡丞女年十七。

廟旁堆砌的頹敗碑石。

死孝還以忠，劉滿姑是儒家節義忠烈的完整版，城隍廟標準的陪祀神。

兼及巷口的故事

彰邑城隍廟二樓的故事，女人的故事。

上二樓的樓梯牆面半赭紅半粉白，陽光迤邐的午後，一牆金澤，紅與白皆如幻，牆頂一道鮮麗的繪飾如帶，拉出幽靜裡的一派古雅華美。

觀音殿誠然是完整的，天井囤堆些物品，雖不算太礙瞻觀，但總覺這裡的光陰必然遲遲，白日長而清寂。

二樓，四名女子，加上城隍夫人的侍女就不只，每一個就緒的晨起，寂寥的午後，她們可不可能有卸下城隍廟標準陪祀神的身分，純粹當個女人的片刻？這麼不同的身世與職司而共事，既個別獨當一面，卻又要當合作的夥伴，她們可曾有過想溝通一下的需求嗎？

她們眞可以喝個下午茶，談些自己處理過的人間事務，成全與一些沒能成全的，以及昔時的今日有多麼不同，我想，這四名女子中，話題總是城隍夫人在提吧，幸福的人話會比較多。

那她們提過或注意過嗎？就在城隍廟巷口邊，老彰化人都知道的中華路「土豆旺」的他們家女兒的心事。

位於彰化市中心，中華路「土豆旺」是六〇年代的名店，土豆好吃之外，人們愛說他家留德的兒子，精神失常著被送回來，常在街上指揮交通，說在店裡賣土豆的他家的女兒，過了適婚年齡，一心想出嫁，男士去買，土豆會給得多些……。

我還記得放學後和同學專程到「土豆旺」，偷看那傳說中塗粉抹脂打扮得很誇張的大齡女子，年歲更大後，仍很感興趣的聽著別人說著這一家的事，一直要到非常多年後的今天，我才明白，土豆旺女兒的心情。

這渴望成家的女子，去過城隍廟二樓嗎？

只二、三十步咫尺，與世間女子最基本的幸福，竟至天涯嗎？

一排時新亮麗的鬧街店面中，「土豆旺」六十多年沒變的一樓半沒加蓋店面，地塹似的矮落，鐵門終年拉下褐銹斑駁，是好來塢歌舞片突來的螢幕一黑，紅塵裡的滯停。這店面是留給女兒的，土豆旺女兒已去世多年，終生未嫁。

所有的凝目或遺忘、幸或不幸、擦肩或停駐、靠近或走遠、得與不得，真要等到非常多年後的今天，我才能眞正明白，關於情緣之於世間的定奪。

你可不可以剛好也喜歡我，不多不少剛好等於我對你的喜歡，不只愛情，是這無常世間的法則，如此簡單也竟至如此深妙難參。

中華路七十三巷，非正址，是便捷，一個轉彎而已，小城特產、城隍廟一樓、二樓，都是故事，還兼及巷口。

流眄・他鄉的愛

感知易在熟悉中疲軟，因陌生而活潑新亮。

旅行，會讓心靈刷新、感知甦醒。

記下自己的一次經歷，寫風景旅途當然可以，那地方本來就美在那兒，你去將它的美重新拾掇。

帶自己去到一個地方，將自己整個疊印上去，被陌生地方一遍一遍反射映照自己，也可以。那一年，我去馬祖，它純粹的剛性，映照療癒了我的軟弱與悲傷。

這幾年，我的心飽滿安定，澎湖如此深邃豐富，我一向對人的故事感興趣，便從從容容的看向澎湖的人文與歷史。澎湖一直在那兒，我是小遊客，一次次親近。

一次又一次，重遊，是我最喜愛的旅行方式。

Chapter *04* 我看

閱讀是很個人的事，
愛一個人都不需要理由了，
何況愛一本書，
閱讀相應的，
絕對是一縷裸袒的靈魂。

手寫的從前

——我看《解憂雜貨店》

家巷口對面的郵筒被撤去了。不久，我又發現收件時間一天只剩一次，無論限時或平信，都在十八點四十分。

從前一天上下午收信好幾次，上班趕早寄出一封信，一整天都能感覺著信正往對方的所在一步一步靠近，黃昏回家，心安的想，信與他都在他的城了，多好，再一步，就到他心裡。

無非是寫信的人太少了，權利自然要被剝奪，早上投進一封信，你下班走過郵筒，哎，它還躺在原地，相思連動都沒動，城市亮起燈火，時間都要老了。

所以，我愛那間廢棄店鋪。晚上從鐵捲門投進一封信，明天清晨就可以去後門的牛奶箱拿回信。在一段特殊時空，你一聽到投信落地聲，立刻走到後門，答覆信就在牛奶箱了。

店舖兼住家，很舊的木造日本建築，鐵捲門已鏽跡斑斑，只要關上後門，屋內和屋外時間的流動方式就不一樣。油漆脫落，字都模糊了的看板上，隱約得見：浪矢雜貨店。一間以手寫信爲人消煩解憂的雜貨店。

幾個獨立故事組成的小說，但人物的命運卻無可避免的環環相扣，就像有一根肉眼看不到的線在梭織他們的際遇，有人就在背後操縱這根線，整體故事懸疑又合理，還流露暖暖的溫度。作者東野圭吾本來就是寫推理小說的超級高手，這本溫馨長篇《解憂雜貨店》二〇一二年問世，是獲獎無數的暢銷大作。

這本書給的眞多，關於人生與人性，理解與相信。這世界失敗的人比成功的人多太多，但雖然打了一場敗仗，也能留下足跡。心在不在一起，是人與人之間最重要的關係，但最重要的東西，往往片刻不容易看得清楚。

連死亡這議題也碰觸了，故事裡每每都有影響深遠的死去的人，作者賦予死最尊貴的形貌——雖死猶生。北澤靜子病逝的男友，曾在黑夜鐵捲門外吹奏口琴〈重生〉，救小男孩而被火燒死的松岡克郎，久浩介自殺的爸媽，當然，以及影響了三個年輕人人生的雜貨店老闆浪矢雄治。

但書中最鮮明的一環是——手寫信改變人的一生。

貫串全書那三個心靈空虛、學歷低下、專做闖空門勾當的廢青，敦也代表理性，幸平代表感性，翔太居其中，面對晚上從鐵捲門丟進來諮詢的信，他們的意見常在對立、假設、預想、辯論中反覆論證，總加起來就是理性與感性往返拉鋸最後於取得最佳平衡共識；他們用各種不同角度思考問題，認眞對待別人的煩惱。然後，一封、二封、三封的，他們提起筆，一字一句一次次回信給對方。

就從眞心爲人解憂的過程，這三人體認到不入流的自己，竟然能對別人有幫助，嘗受到那不能回頭的，被人信任的意義感，也從別人生死成敗的生命歷程有所感悟，原本空白的生命地圖於是有了自己決定的路途與方向。

因爲穿越時間，知道結局，所以三人的回信會比較直言不諱，毫不留情，爲的是讓對方不必猶豫遲疑浪費生命。但這也比一般人誠懇得多，一般人面對別人的煩憂，通常委婉的點到爲止，因爲並不想對自己說的話負責，也不敢對別人的成敗承擔。

三十幾年前，浪矢爺爺的回信，當然麻煩得多，那時他面對的是生命現場。他得要一封封爬梳糾結的問題，讓一個漸漸釐清的當事人從其中跳出來，自己做出最後的決定。「絕對不能無視別人的心聲，」他說，「必須從信中瞭解諮商者的心理，激發諮商者內心眞實的想法，讓諮商者自己找到正確的路。」

3C尚未問世，三十多年前的解憂雜貨店，是手寫的從前。手寫信在燈下桌前攤紙執筆的愼重，剛好提供一個慢速的時空，讓情感一筆一劃隨筆墨緩緩滲注，讓思考可以一直斟酌盤旋，然後，擱筆、折頁、封口、外出、投遞、回家、等待，無一處細節步驟能省卻，手寫信無論短長，都是絕無可替換的情意的最終完成。

連寫三十封胡說八道的信捉弄意圖如此囂張，浪矢爺爺也還是三十封信都一一回覆，他兒子忍不住要說：「理這種人未免太愚蠢。」浪矢爺爺說，搗蛋還是惡作劇，和眞正有煩惱而上門的人一樣，「他們內心都有破洞，重要的東西正從那個破洞漸漸流失，最好的證明就是他們一定會來看牛奶箱，會來拿回信。」

因爲回應是一種映照，別人的回應能淸晰自己的存在，更進一層的說，無論你能不能、可不可，是求助或被求助，沒有一個人不渴望能與別人展開一場靈魂的對話。這一層，貼圖、按讚、不必思索的反射性回答、自我無限放大的網路語言根本無一椿可稍爲勝任。手寫文字才能傳達有溫度的回應。

「寫給重要的人的信，她必定用手寫。」書中後來成爲大企業家，忙得不可開交也一心要挽救丸光園孤兒院的武藤晴美是這樣，方文山爲周杰倫寫了歌，唱出的是：「初戀是整遍手寫的從前。」手寫，意味最重要。

我最近收到一張卡片，隨卡片寄來普悠瑪和太魯閣玩具列車，卡片上手寫著：「我相信您什麼都不缺，所以送一點夢想給小朋友。」是我的學生，已成家也已成爲一名住院醫生，他稚氣的字跡和他十六歲時全無不同，時光在我讀信的剎時回到榕樹滿窗的教室，他低頭寫作文的神情，看著那一筆一劃其實並不工整的書寫，我深信，會送夢想給孩子的人，應該會是好醫生。

解憂雜貨店旁的防火巷，一公尺寬的天空，圓月懸在正上方，時間過了好久好久，圓月都動也不動，多像我心中終始戀戀不已的，手寫的從前。

左外野

——我與《有型的豬小姐》

如果看完一本書，心情就怪了。

如果書放下，老想去行走，行走可以專心想。

如果不行走去做別的事，還是在想，不專心的想。

如果風風火火去參加孫子幼兒園的耶誕晚會，是最早到的那一批家長之一，表演最後，蜻蜓班全體靜止 Ending Pose，我孫子突然脫序演出，一個人走到臺前 SOLO，雙手揮動彩球。聖誕老公公、彩球、閃燈、歌聲，很多吱吱喳喳的舞臺裝的小孩們……，我一直大笑，笑到腰彎淚飆，散場時，還是要對家人說：「你們先回去好了，我想一個人走走。」

心有事。心被撞開了一個縫，有個安

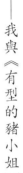

藏得很妥的東西正好被縫照見，這縫，暫時又縫不起來。

幾年前《老派約會之必要》，李維菁輕倩入世，冷靜撥開渾濁，一點火氣都不必動的取出人心中的那些暗黑，你正偷偷小驚心，她已經又去說別的事了。這樣靈黠的人寫有情，手法也沒變，輕寫淡描，不費力的，就溫熱了別人的眼眶。

這本《有型的豬小姐》，李維菁什麼都白著說了，還多了自我的省視，那些勇敢與怯懦，那些人那些事與失望，都什麼時候了當然要說，那些她倔強又高華的孤獨。書出版在她過世後幾天。

書中還有那些光環背後的不堪，那些人與人的之間微妙的違和，惡意的模糊，那些階級性別間你以爲已不存在的陷阱，以及社會崇尙所呈現出的俗淺認知。

她看著那「三八阿花」，笑了，我當下也迅速跑馬過這一路人生認識的好幾個阿花，她非「他媽的」不足以聲揚氣吐的敍述，我熟悉到好像聽見自己平日心裡口裡的腔口。

我書寫美好，是因爲未必都能；我喜歡明亮，是因爲懂得黑暗；我能感動人，當然是因爲我受過苦痛，人生許多事都得有來有自，突如其來的絕對無法透澈，創作通常不源自創作者對現實的滿足，反而映照出現實的不足。無論我的作品多麼療癒人，我都承認我內心深處仍有一些暗黑，比如不平、不解或不以爲然。

那天，好友C讚起某某政治人物，平日她和我分享慣了連胡言亂語都行，沒料到這次被我疾聲厲色澆了一盆冷水。後來，另一場合，搭上另一條話頭，我順勢向C道歉，並且說：「其實，政治人物比不上我們這些庶民百姓高貴，因爲我們都本分認眞，踏實負責。」

臺灣・武陵

我想C沒眞懂。

我懂人，平日只家常，從不高談闊論，但好像仍不只一次對F說過：「何必崇拜名人？風光的有才華的人，優點全放在檯面上了，更接近，只有慢慢扣分；還不如平凡樸素的人，接近後，通常會慢慢加分。」

我想F也沒眞懂。

我好友們都是善良賢淑的好女人，她們一路陪伴我走過人生風雨，她們一定沒想到，一路相護相持相挺的這個人，到頭來原來是個大怪咖。

而這些，《有型的豬小姐》都懂。

李維菁的日常故事，透露出的是公道、價值、覺醒、眞實的揭探，因爲「我想活下去，我不能停下來。」以至甜的事也都帶著靜靜的悲傷。她眞想與這世界做最誠懇的聯結。

社群媒體可以形塑作家形像，有型的豬小姐看之卻如「寂寞之海生出的妖孽幻影」，這次，終於有人看我不是傻子了，人人美照修圖並大秀與名人合照的網路時代，無論拿起相機或面對整場人生，從來我愛的都是空景。

書封底折頁的一行小字，我輕誦了好幾遍：「李維菁站在高處，俯視光燦世紀裡的失溫與悸動。」

以李維菁過人的洞悉與敏銳，她當然是的，但她眷戀日常，也許不那麼愛「高處」這二個字，她用了春上村樹喜歡左外野手的位置，（倒讓我想起少年楊牧好像是在手套上抄赤壁賦默背的右外野手），說自己與人生若卽若離，是最遠的局內人，往外踏一步就到局外，但那位置有整個球場與天空。

是啊我最愛的就是她閒閒上下跳踩壘包，突然一個箭步上前，仰頭，鴿飛救下一個球，落地翻了幾個滾，塵土漫天間，起身，渾身黃土撲撲或許帶擦傷，她微笑著，又站回左外野。

我和她都有型，我常想，我就是淡一些、平凡一些、扁平一些的她，包含聰明與才華，就是這份遜色與不如，讓我與她相似，而能比她較爲安好。

天眞混揉世故應該是什麼顏色？灰階與霧藍比例上的漸層調融吧！我和她都不靠邊，在中間區塊上下游移，我想，我多偏世故灰一些些，她與天眞藍更靠近。

讀完李維菁遺世的《有型的豬小姐》，好多天，我需要心縫透光，再一次照見眞實的自己，問訊道安。我讀李維菁的文字，和她素不相識，世間沒她在，我怎麼竟感到，深深的，深深的孤單。

最遠的局內，最全觀的視野，不聚光的存在，要接飛得最遠的球，假如球場上，她是孤獨的左外野，我希望，同一個天空下，我就在右外野。

我能力所及，我管轄

——我與卡繆《瘟疫》

二〇一二年歐冠足球決賽，英國切爾西VS拜仁慕尼黑，地點在慕尼黑安聯球場。切爾西隊德羅巴在終場前兩分鐘踢進一球追成一比一，比賽進入延長賽，PK 3:3，德羅巴主罰決定性最後一球，他和守門員巨神般對立三秒，瞬間起腳，傾身，斜勾——定海神針強勢破網。現場的三分之二拜仁球迷剎時間鴉雀無聲。

德羅巴（Didier Drogba），來自象牙海岸，他擁有很多封號：魔獸、進球機器、足球界空前射腳、非洲足球先生、（我們自己還加了「非洲言承旭」）、金靴獎得主。不過，我自己最推的是，二〇一〇年，時代雜誌選他爲「世界百大最有影響力的人物」。

二〇〇五年，德羅巴帶領象牙海岸國家隊進入世界盃，當時象牙海岸因地域與種族衝突，長年處於內戰。記者會上，德羅巴說：「我們今天證明了每個人都可以爲了共同目標一起出賽。」然後，他帶著全體隊友跪下，呼籲國內團結：「拜託放下武器吧！團結吧！一切都會沒事的。」起身，球員們勾肩搭背，跳起他們的祝禱舞，祈求國內和平。

二〇〇七年，德羅巴請命將非洲盃比賽辦在反政府軍所在的球場，希望能觸促兩方和平相處。後來，象牙海岸國內政局，果眞逐步獲得和平的轉機。

踢足球時，每到一處都盡全力，不留任何遺憾，這是德羅巴的能力範圍，他眞的做到做滿了；用一顆足球改變一個國家，德羅巴還做了超越足球的事。

微塵衆，緣如風，揚上、墜下、橫刮、捲旋，飄飛隨處，落點不一，人的能力所及，管轄範圍遂而絕對沒鎖死，它因人而異，無定義，能伸縮，有人認爲會替進步設限，有人認爲就該老實待在那兒，我看它則是不一定如此也不一定不如此，往內是範圍，往外也算範圍。

正因爲這份不精確的彈性，它存在於日常，最大的考驗或說是最明白的劃定，會出現在特殊時刻的選擇上。

澎湖七一三事件，曾在澎湖用民宅審訊學生，學生被吊在樑下，中午士兵去休息，民宅的女主人就叫兒子偷偷塞個小板凳墊在學生腳下，煮碗薑粥給受苦的學生吃。

不做也是本分，盯著電視新聞裡看到當年那婦女業已白髮的兒子訴說這則往事，我心裡這樣想，但她多做了。

一樣的歷史，當年受難學生劉廷功，寫下回憶錄《歷史的烙痕》，第二十四篇寫下〈永憶王所長〉。年少的他在牢獄裡，王所長一上任就告訴他們，他們怎麼進來的，將來如何出去，他都無權過問，也幫不上忙，但凡是他管轄範圍內，有任何問題，只要他能力所及，一定替大家解決。王所長的能力範圍是什麼？從此獄中伙食徹底改善，每天還可以分批到院子放風十分鐘。劉廷功說這對半年多未見過天日的人而言：「它的重要和價值，是無法計算的。」

只要沒使之更惡，保持沉默也是可以的吧！在歷史甚且在生命面前，我們都有一大片「無權過問，也幫不上忙」的事，那麼，什麼會是「管轄範圍內，能力所及」？

伸不伸手，做與不做，跨越了人與人之間本分與情分的私屬性，單就浮海四界身而爲人，「管轄範圍內，能力所及」，是自己最瞭知的心底的溫度與顏色，那是良善本分，那叫心安。

我們日日身處平凡的日常，在特殊時刻，才眞正能看見自己的能力所及，管轄範圍。而能力範圍不用來要求別人，一如道德這件也很難說得很清楚的事，它只合看見自己。

俄蘭城因黑死病而一夕封城。巴黎大報社年輕記者藍伯，動用各種特權一心想出城，「我是偶然來到這裡的，我不屬於這裡。」他心愛的未婚妻在巴黎等他。他來找李爾醫生，醫生拒絕爲他開未染病證明，他以理性冷酷與心靈良知抗議醫生。拒絕被剝奪幸福，站在共同的基本立場，藍伯是對的，李爾醫生眞的了解互愛的人想重新見面這種人類共同的感情，但他做他必須做的，那時，他的能力範圍是維護公衆利益對抗黑死病，同情理解人的共同情感，平日是能力範圍的領屬，在一個特殊時刻，已是能力範圍之外的事。

醫生沒告訴這年輕記者，他自己心愛的妻子，封城前去在另一個城市養病。

另一位外來的，無所事事、天天拿著筆寫日常記事的塔霍，於這被隔離遭詛咒的城，最恐怖、黑暗、絕望的時期，自動組成衛生隊，擔起所有搬運、焚屍、登記、統計……等等勞力與行政的工作。李爾醫生與衛生隊的義無反顧，讓藍伯後來對醫生說：「你同不同意，在我想辦法離開俄蘭城之前，參加你們的工作？」

在瘟疫消退，俄蘭城即將開城的前夕，塔霍染上黑死病。李爾醫生在家中照顧這位可敬的朋友，他第一次沒下令將病人送到隔離病房。眼見隔離的慘況，「在這裡會好一點」。病情過程雖極痛苦，但塔霍在李爾和李爾母親的溫暖照料下離世。

這次，李爾醫生沒站在能力範圍內，他被包括在外。

開城那天，全城嘉年華般的歡聲雷動，藍伯的未婚妻搭乘第一班進城火車來和他相聚，他們互擁久久，李爾醫生的妻子一個星期前已病逝異鄉的療養院，而塔霍的病逝，是李爾醫生「永遠無法治癒的疾病」。

在煙火的光彩在夜空愈來愈耀目繽紛的時候，醫生接下塔霍的工作，提筆成爲記事者。他爲被黑死病所襲擊的人作證，那些愛、隔離、放逐與痛苦的事，他要直截了當說出他對災難來臨的人性觀察：人類裡值得讚美的事比值得鄙視的事多。

他最想寫下的，不是一個城市戰勝瘟疫的勝利故事，是遭受一切痛苦，仍要竭盡所能去和不同瘟疫形式的恐怖統治與無情屠殺作戰鬥的，致力於成爲治療者的那些人。

一位醫生終於提起筆書寫，成爲卡繆《瘟疫》裡的記事者，這，該算在能力所及管轄範圍之內，或之外？

「可是『瘟疫』又是什麼意思呢？那就是生活，如此而已。」

書中李爾的老病人這樣說，他還說將來紀念碑成立，那些官員一定會作演講：「『我們已故的親朋好友……』然後他們會好好去大吃頓。」這些人「永遠都是一樣」。

歡樂是朝不保夕的，生活中仍有大大小小的災難等著爆發，那些在陽光下只知歡呼的大衆取不了苦難的啓示，也「永遠都是一樣」。

「永遠都是一樣」那一大區塊，我們無權過問，也幫不上忙，我想，那無可取代的位置、最客觀的觀察，李爾醫生去成爲一座災難城市的記事者，會是能力所及，管轄範圍之最滿與最好。

塔霍死前說自己「輸了」，李爾覺得自己「又赢了什麼？」能力範圍、做不做、管不管、心不心安實在無獎賞，抽象難界定，只是，因由人的存在，我總是深信，有些重要和價値，是無法計算或看見的。

喜歡和月亮

——我看《聲之形》

喜歡和月亮。日文發音這樣近似。西宮硝子費盡力氣開口的告白，石田將也說：「月亮？月亮確實很美呢！」

面對面，一對一，認眞無比、最奮力的表達都會漏接，更何況不是。

硝子是聽障生，轉到六年二班，遭同學將也率頭霸凌而轉學，後來，將也也成爲被霸凌者後，深刻了解被霸凌的心情，犯下的罪完完整整的回到自己身上，他認爲自己是背負罪惡該接受處罰的人。上高中的他努力學手語去找硝子，以救贖這份生命中如影隨行的憾痛。整部影片就是將也傳達這份心意的過程。

聽障生和霸凌當主題，眞夠具教育意

義的了，但「聽障」的角色設定，是用來刻意強化溝通困難、無法交流，「霸凌」的劇情，在強調生命對生命的牽動，在欠缺交流與理解的情況下，你的一句話、一個舉動、一種無聊的惡意，會對人產生出乎想像巨大的負向影響。

所以我看《聲之形》這部動漫，孤立、傷害、改變、價值感、自我厭棄、究竟什麼是朋友……，層次多面而深邃。是我最在乎的人與人之間。

世間最大的奢侈固然來自人與人之間，只是人生難免很多令人感到荒涼的時刻，因爲疏冷、偏見、只表達不耐傾聽、猜疑、立場、自以爲是、自我中心……，人與人之間充分傳達心意其實是很困難的。交流，帶來了解也帶來誤解，交流，也才能消弭錯誤與傷害。《聲之形》自己的官方網站都出來說了，這是一部關於「交流」與「溝通」的電影。

這些年我一直在評高中校園的文學獎，發現書寫霸凌題材的文章，一年一年增多。去年，有個女生寫她國中一直被欺負孤立的往事，考上高中後，她的第一件事是剪去長髮，用外在形式向全世界宣告，她對痛苦歲月的截然斷決，但她還會慢慢將髮留長，長髮，才是原來的她自己，她也寶愛目前的中長髮，用來紀念她被霸凌時，沒能多做什麼只敢私下偷偷安慰她的那位好同學。

今年，參賽作品出現了同情但也只能私下爲被霸凌者抱不平的，無力憤慨者的作品。另有一篇，寫自己小學遭霸凌，長大後他學會了如何在人群中取悅討好以求安全的方法，「瘋起來像一頭咬著玫瑰花枝獻舞的斑點鹿」，但自己實在痛恨如此矯飾虛假的存在，在獨處的時候，他便自我殘虐。一個被霸凌的人，成爲霸凌者，他霸凌他自己。這篇作品是今年的首獎。

被霸凌的故事不同，共同的，是無邊的恐懼孤寂與無助，在別人惡意的言語與動作攻擊的當下，生命最大的脆裂與哭泣都無聲。

石田將也總是低著頭，不敢看別人的臉，動畫影片的畫面處理直接具象，每當將也出現人群中，身邊每一張臉遠遠近近都打上大大小小的叉叉。他封印自己，不和任何人交流。

將也一度想自殺，他將與硝子見面當作膽量最嚴苛的探測，自殺前的儀式。煙花璀璨盛放夜空，硝子跳樓自殺，將也爲救硝子而墜樓受傷。對霸凌被害人而言，死亡常是很接近的，長期在別人的惡意下，自我價值低落，容易厭棄自己。孤立自己的將也，帶著對硝子極深的歉疚而想自殺，而從來沒人知道，硝子一直認爲自己會將不幸帶給周遭人而希望自己消失：爸媽因她離婚、妹妹要保護她而不上學、六年二班因她而友情變調……。

無法交流造成的痛苦，小而致命，無形而久遠。而接近死亡，才眞正明白活。

硝子墜樓，將也半身伸在牆外，死命拉住騰空的硝子的手，給我力量，他對神嘶聲祈求，使盡全身力氣：明天起我不再逃避痛苦，明天起我會好好看別人的臉，我會好好傾聽別人、會好好振作，那時留下的傷，我有好好的向硝子道歉嗎……。

最後，硝子決定由自己去找回被毀壞的東西，她要將六年二班的友情找回來。她分別去找每一位相關的同學，坦白揭開自己，告訴他們自己會尋死的源起，重新掀開往事，彼此眞誠道歉。

大今良時的原著，對六年二班幾個同學的性格一定鋪陳刻劃得更多，電影礙於時間與焦點，這些同學都只輕輕掠過，但仍能讓人感到，在重要的關鍵時刻：三井，太輕巧；佐原，對硝子友好，但膽怯逃避；島田，重要時刻的轉身；植野，主觀，愛下評斷……。這一個個劇情人物，走出銀幕，就是世間人，他們分開來是個人，合體就是我們，及我們身邊的人。

後來最討厭硝子，最難溝通的植野終於軟化了，這次，她看見原本被她視爲

臺灣・多良

軟弱，動不動就說「對不起」的硝子，不畏交流困難，受到傷害卻拚死也要努力交流的勇敢與強韌。

高中後的他們，一度也曾齊聚在橋上攤牌，但當時，尚未有衝擊與省思，大家都沒改變，聚在一起想談個清楚，依然是空交集，零交流。

不是相見就能好。人要能改變。

電影最後，因由一場共同的死亡的夢境，將也、硝子來在橋上，彼此傾聽理解，由衷道歉，在寶藍澄靜，繁星滿天的夜空下。

不是相見了、人改變就能好。還要回到生命現場，面對問題拆卸核心。

找回自尊感的方法因人而異，硝子和將也小指相勾約定了，任何事都不值放棄生命，他們從此「想請你幫助我一起活下去」。硝子和將也二人，根本是互文。死亡是小白蝴蝶輕飛。橋，一而再、再而三出現影片，意味不相屬兩岸的交流。一個黑點，有了光，就照見了黑點中有相伴的兩個人，像眼睛瞳仁，像一顆顆曾封閉的心，像孤立的打破，像……，像世間所有暗黑的消失。將也問朋友是什麼，需要什麼樣的資格？死黨永束說：「友情是超越語言與道理的。」

原著及導演山田尚子都用了《聲の形》，而非日語漢字常用的「声」，因爲「聲」這個字是由「声」、「手」、「耳」組合，我想，他們要告訴人們，人與人的理解交流靠的是聲音，但聲音的形、狀不一定是言語，可以是手語，可以是感覺，重要的是，傾聽。

豈只青春物語，與他人建立長遠穩定且有品質的關係，是人性的需求。這部動畫的訴求超越動畫迷，直接打動人的心。我甚且想到，只要折磨著人的都是痛，無論言語的或行爲的差池對待，而傷痕有看不見的久遠力，人該常提醒自己約束言行，要對別人的生命負責。

我現在才開始喜歡動漫還來得及吧？不論今晚的月亮確實美或不美。

停步，注視

——我的《小王子》旅程1

1

你問人生意義是什麼？

大哉問。

愛情，你說因鄭重而分外怯步。

友情？常讓你有很難說得清楚的失望。群體，分表面的與暗裡的拉扯碰撞。未來，繽紛而虛無。所有你珍惜的，從沒問你意見就會從你的視野永遠消失。

你有時眞想結個繭，讓自己蛹居，和整個世界毫不相涉。

還是有獲得。我這樣對你說。那些你愛而失去與讓你失望的，全都對你有意義。

2

當分離的時刻到來。

「啊！我想哭。」狐狸說。

「這都是你的錯。」小王子說：「我並不希望你難過，是你自己要我馴服你的。」

「不錯。」狐狸說。

「但是現在你想哭。」小王子說。

「不錯。」狐狸說。

「這樣說來，你一點好處也沒有得到！」

「我還是有獲得。」狐狸說。

3

本來小麥及麥色對我都毫無意義，狐狸說，當我有一位金色頭髮的朋友後，從此，見到金黃小麥，我都會想起那位朋友、他和我的友誼方式、他和我之間抹不去的記憶。

從此狐狸也許會在一塊麥田旁駐足，也許會在波波稻浪湧來時微笑，也許會映著麥色，抬頭遠翹秋天的藍淨天空，輕輕說了一聲：「嘿，你在哪兒？一切都要好好的喲！」

這是哲學的永恆議題。有人揹著囊袋一路走過人生，他要在囊中裝進有意義的東西，結果，他生命的囊袋是空的，他大嘆人生根本毫無意義。

「你沒遇見過誰嗎？」別人問。

「我遇見許許多多人，但他們全是陌生人。」

一無所得，是因爲他與所有相遇的人全都擦肩卽過，眼神都不留，他從不曾在擦肩的片刻，爲對方駐足、停步、回頭、注視。

狐狸注視小王子，對他說：「當我的朋友，好嗎？」儘管後來還是分離，但生命的囊袋裝進了金色麥田、陽光的色澤、向日葵花色、一個金髮小男孩的哭與笑、迷與悟，和他的 612 星球的故事……。

狐狸稱之爲「馴服」。囊袋經由這樣的過程而逐漸滿載。哲學稱之爲人生的意義。

4

「馴服」不同於「認識」。深深注視，生命有了交集，彼此無可取代，這一樁關係的建立被情感、記憶、價值架構起，是角色的負責、感情的忠誠。

會有背叛、出賣、中傷、傷害、計利、奪取，甚且帶駁雜與私心的，一定是其中有人不明白或不實踐「馴服」的意義，並非人生無意義。

每個人都達標，何能成世間？世上有些事，連佛陀或上帝都救不了的，不是嗎？個人價值指引形成這一切，世間最大的相同在於人人不同。

馴服的前提是雙方情感等質同量，馴服的代價有時是淚水與傷悲，馴服的峰頂，甚至是奉獻或犧牲。

一九三八年，武漢「四二九」空戰，第四大隊飛行員陳懷民，飛機與人皆負傷，他不跳傘逃生，將飛機倒扣翻轉了一百八十度，猛拉操縱桿，撞向追擊的敵機。五月，他的未婚妻穿著他所贈的旗袍，投入長江。

所有讓你動容的故事裡無不有角色的盡責，情感的忠誠，無不有兩相聯結的關係。陳懷民與國家，他的未婚妻與他，就是馴服的極致情感。

不愛就沒有這些，心理學家佛洛伊德說：「付出愛的時候，也正是我們最容易受痛苦打擊的時候。」

但人留住一顆不愛以免受傷害的心，是要做什麼？

5

小王子爲何要選擇死去？死去才能回到他來的地方，那裡有他生命中獨一無二的玫瑰，他要對她負責。負責的眞義，就是無悔的守護，情感的忠誠。

美好的與缺憾的，給力的與受傷的，只要擦肩、駐足、勇敢的迎視，都不會是空。

狐狸的「馴服」，幾乎給了所有世間事最簡明的解答。

你點點頭，但多問了一句：「擦肩時只有這兩種選擇，注視或不？沒有其他？」我遂輕輕微笑了起來。有。

佛陀說：「應無所住，而生其心。」心有所住，就是你會牽絆記掛的地方，就是會讓我們付出些代價的地方，如果「心無所住」，你不就能獲得大自在、大寧靜？

怎樣才能夠到達這樣的境地啊？你張大眼問。

呵呵呵，這本是時間上拉得無限長，空間上多次元的觀照，很難說清與求懂，我只能這樣說，凡事都有歷程與次第，就像密室求生遊戲，先纏縛而後知解脫，一關又一關，只有實地的盡責忠誠過，由其中才會生出突破超越的明白。你得要先迎身直面真切遍知過「有」，有一天，才有可能真正了解與發現什麼是「無」。

生命每一樁發生都有意義，別只看見表相，早一點洞悉那看不見的永恆存在，成敗、得失、歡悲、有無、生死，關於這世間的種種，記住了，狐狸是這樣提醒你的：

最重要的是肉眼看不到的，只有用心，才能體會這一切。

致愛情

——我的《小王子》旅程2

1

「我已經習慣一個人的生活。」

「蛤，這種事怎麼能習慣？」

也幸虧記得住這句提醒電視劇的對白，我才時時收住那很以一個人生活爲榮的誇口。這對白眞正的意思是在說——

永遠都不可以冷感痲木，不可以不在乎，不可以不追尋不嚮往喲，對那個叫作「愛情」的東西。

甘巴爹，加油！最好直接去霞海城隍廟拜月下老人，記得帶鮮花、紅棗，再買一份紅線鉛錢，順時鐘方向過爐。

你笑我老派？唉喲，我是在說不儀式的周到愼敬，無以傳達事物本身的珍貴鄭重。

愛情，絕對是生命中的高價值。

2

有場演講，我用岩田俊二的純愛電影《情書》，去詮釋我要說的愛情。我女兒笑得跟你一樣忍不住，還加碼：「這時代誰還要聽妳講這種愛情！」這時代？這時代的愛情已簡化到只消一根手指，告白或分手，一訊搞定。

但是，手法是千變萬化的，愛情的分合是琳瑯滿目的，愈變動不居的東西，愈存在著不變的核心主軸，否則轉速離心會讓它被甩飛到虛空無垠，粉化得無影無蹤。

愛情，值高，需要核心本質性的了解。了解，就是對愛情最周到慎敬的儀式。

3

在地球看到花園裡的五千朵玫瑰花，小王子立刻俯地崩潰大哭，原來他的玫瑰花和這五千朵玫瑰花長得一模一樣，並非多麼美麗而獨一無二。

經過狐狸的開導，小王子才眞正明白愛情的眞諦，所謂獨一無二，是彼此交集的共同記憶，是對方的無可取代。

所以，財富、身家、外貌、才華，全都是附加所值，愛情不是身邊需要一個人，不是因爲對方愛你而愛，愛情的發生，要純粹到因爲你，是你，有優點也有缺點的你。愛一個人，是已將缺點數算進去。

然後，你們以本色滲透進對方的生命，去經得起所有歡喜及悲愁，或者終於證明你們經不起。

這過程中，有比愛情本身更重要的東西叫，了解。

了解，其實它在我心中，根本是世間萬物的共通法則，了解之後，才能有眞正的慈悲與包容。

小王子不了解玫瑰花的驕矜嬌情是因爲沒安全感，虛榮浮誇是因爲怕失去，要求過多是爲了證明被很愛。那時還沒人教會小王子「重要的是肉眼看不到的」，他還年輕，還不懂別聽她說了什麼，要用心看，要了解她。

在乎，愛情才值得再三調整磨合，只要有一個人不在乎，愛情就可以終結。

小王子因太在乎而敏感，玫瑰花因太在乎而怕失去，所以小王子一定要回612星球，在乎，他們的愛情就值得再續。

如果我遇見小王子，我會告訴他，人需要成長，回去後一定還會有愛情的課題，但他面對問題的態度會不同。

如果我遇見玫瑰花，我會告訴她，試探，暴露的是自己內心的缺乏，對生命而言耗費無效，她需要建立自信，而有時，幸福只有一次的機會。

4

至於玫瑰花被分手的畫面，慣看風月的我也必須說，那堪稱史上最漂亮經典的示範。

正視、坦誠、放手，不讓對方有愧疚感，還能將自己的自尊輕輕托住。不糾纏、不推諉、沒有以前你怎麼對我，沒有以後我怎麼辦的撕扯哭喊、悲傷，阿那橫豎是我家的事，要走你就快點走。多麼強大的眼前當下啊。

你說，你朋友們的情傷反應，從淡到烈，很不一致。

我不和你談執與捨，因爲和沒離開612的小王子一樣，你太年輕。

我只告訴你，手寫信或一根手指，網路交友或老派約會，作情歌彈吉他或驚爆大示愛，快速秒閃或含蓄保守……，這些都是浮動的、變化的、表層的現象，但會天長與地久，也會自欺與欺人，給你幸福有多深，給你的失去就有多慟，這是情感的本質，永不會變，愛情包括在內。

爲什麼？嗯，這你先聽而不必眞懂，簡單的說，每樁情感都含帶著深深淺淺的緣分，緣比情更強悍。

了解這一層，你才會接受，痛失愛情的處理，從來不是能力的問題，是選擇。回頭轉身，是選擇。在泥淖中翻滾，也是選擇。痛，那是另一碼的事了，當下是態度，正能量和負能量總是聯手出現，選擇，在你。

5

《情書》裡的渡邊博子，得知自己之於死去的未婚夫，無非是她與他初戀女孩長得一模一樣。悔恨？遺憾？受傷？心痛？不值？不，她選擇去到未婚夫登山失事的山前，仰天，空山雪地大聲吶喊：「你好嗎？我很好。」萬緣澄澈，晶瑩如雪，她放下，告別。

同一個時間，那初戀女子，病床上也正輕呼一句：「你好嗎？我很好。」她在說，從前不明白的我現在都知道了，的確是錯過，而錯過就是錯過，時光是一彎逝水，她放下，只留下美好。

臺灣・澎湖

那麼主動分手的一方，會是怎樣的心情？無感嗎？會愧疚嗎？你定靜的問我。

我想，從無感到歉疚，階階都有，和你朋友們的情傷反應一樣，層次很不一致。

一個性別取向不同

的男生，在青春騷動時期，曾向一位男同學示愛而遭拒，想必當年在高校，一定惹起過一些風波。很多年後，他們在街頭意外相遇，彼此打趣都已成了大叔，坐在街邊抽著菸聊近況。那男同學離了婚，正焦頭爛耳爲小孩歸屬權打官司，臨別前，這男生對男同學說了句：「對不起。」說自己從前年少莽撞，一定造成對方不少困擾。離開後，那男同學才用訊息回答他：「不，謝謝你。」

你懂嗎？你懂爲什麼是「謝謝」嗎？

多麼輕易的人與人之間令人身心俱疲的紛爭、吵鬧、誤解、爭奪、背叛、欺騙、傷害、打擊……，謝謝，謝謝你曾如此純然單一、坦白直接的喜歡我愛我，謝謝、謝謝、謝謝。

我告訴你，我很喜歡這樣的故事。

說再見

——我的《小王子》旅程3

1

我是被這演講題目吸引去的：

死亡不是消解，死是延續。

對你並不切身，是不是？通常這主題吸聚的會是相似經驗族群。

講者是詩人葉覓覓，她說死很深很痛，她說死是給我們的禮物，她說了些不可思議的事，和她參與少數民族喪葬的旅行見聞。

她的失去是五年半前心愛丈夫的猝死，她說對她而言，離開五年半，正是飽合的狀態。

場中我舉手問了一個問題：

「死亡不是消解，我聽到妳說了，但

『延續』在哪裡？」

詩人說她現在所呈現的所有，背後的力量就是摯愛的死亡，我心裡數算一下她的呈現是什麼：

寫詩、影像、編導、偏地旅行、魂夢心學靈學，她隻身行走天地間，順順逆逆的於孤獨的極致峰頂，遍開野地的花。

這眞需要很難向人說分明的力量，詩人用自己示現失去並不可怕，可怕的是在失去裡的撕去。她在打破生與死的分際。

其實你也會想知道「死亡」，你說，只是無從著眼。

2

小王子和玫瑰花說再見，隨著一群遷徙的候鳥離開。

小王子和狐狸說再見，揮去迷惑，步向眞正的成長。

回到他降落的原點，小王子在沙漠和飛行員說再見。

回去 612 星球的小王子，和離開 612 星球的小王子說再見。

難怪有人要說《小王子》是一本說再見的書。

面對說了再見就無法再見的時刻，飛行員哭著說了三次「我不要離開你」，四度悲傷到說不出話來。小王子雖也哽咽、流淚，但從頭到尾，都是他在安慰飛行員。

分離從不是容易的事，何況是死別。十七世紀科學家湯瑪斯•布朗，在他的《隨想錄》裡曾寫過，人類經歷這麼多鬥爭和痛苦，但想要從這個世界脫離，卻非一件容易的事情。

是因爲死亡是無法掌控的中斷，是一生追逐的「擁有」一夕成空，是不見，是消失，是全盤失去，繪本裡的小孩以爲爸爸走在街上，一個地洞突然讓爸爸掉進去，電影裡的小女孩以爲，就是人埋在土裡被蟲吃光了。

也因爲死亡終究是令人感到痛苦與艱難的事，俗女江鵝在《俗女養成記》裡，說得眞細微：「每個人面對生命的盡頭，有他自己最終極最私密的寂寞。卽使有信仰、有心理準備、有旁人陪伴，那份寂寞一樣挾帶在血液中，循環在七竅六腑。」

人們說有兩種心情很難向人說分明：一是孤單的感覺，一是面對摯愛的死亡。原來這二者，合著說更道地。

但小王子知道死亡是回家。回到起初你來的地方。

他知道肉身的模樣是叫「死亡」，但這並不是真的，只是身體太沉重帶不走。他知道像剝去舊樹皮，春天到了樹皮會再生，所以沒什麼好傷心的。

「可是我會很想念你。」飛行員是如此傷心，小王子說：「每顆星星上面都有一朵花。」那朵花，就是每個人心中最思念而見不到的人。

這，你聽得懂嗎？船走遠了，消失於海平面，岸上的你看不見它，但船依然在航行，如果有一天我消失，只是你看不見我，但我一直都在。

我只活這一世，你眼前看見的，我還用許多不同形式的活著，你看不見罷了。

3

在星星上，當然是童話。

我用來告訴兩歲的孩子，後來，那孩子不到五歲就質疑了，換他兩歲多的弟弟相信。

星星是永恆美麗的載體，發亮光，默默守護，照看，我們一抬頭輕易就能見到。

那不用載體呢，心中最思念而見不到的人會在哪裡？你問。

在你心裡。你在，他就在。

你讀讀詩人周夢蝶的詩：

若欲相見，只須於悄無人處呼名，乃至

只須於心頭一跳一熱，微微

微微微微一熱一跳一熱

什麼都不必，連呼名都免了，那恍惚的微妙的深沉的一剎那，一抹光，一個轉角，一片落葉，一低首，一甩髮，一個風息，他都在。

總有一天，你會真的懂。

失去丈夫與兒子的韓國小說家朴婉緒，在癌末病中說：「去到我兒與我夫所在之地，有什麼害怕的，不管那裡是哪裡，一定是個好地方。」

蘇格拉底在監獄被迫飲下毒酒之前，對獄卒和哭得抬不起頭的學生說：「終於到了我們要分開的時刻，我將死而你們還要活下去，但也唯有神才知道，我們之中誰的才是更好的國度。」

於是我才會將那一年，在中榮緩和病房牆上偶然看見的那首詩，手抄下來，牢牢記得，在最適當的時候，也讓更多人能讀到，是方文山的文字，沒譜成歌，但深懂生命中有些事是如此自然而然，一如花屬於花瓶，風屬於風鈴，一如離開前的微笑屬於關心，所以，說再見的時候，就輕輕靜靜，如置身琥珀色的暖意秋光，走的人給留的人力量，留的人因走的人而茁壯：

當故事的結局已經很接近
此刻閱讀就屬於暖色系
帶點恬靜
翻頁的聲音很輕
讓所有的曾經
在心裡旅行

是小王子安慰飛行員的，記得嗎？於是飛行員在任何情境中，只要想念小王子，就倚窗，仰首，看星，宇宙對他而言不一樣了。

明白了

——我與日本漫畫《全員玉碎》

幽冥教主，引領孤魂赴道場，手擎幡蓋，身掛花幔，一步步。

振鈴，拈香，一心召請——

杜鵑叫落桃花月，血染枝頭恨正長，十二類孤魂，王侯后妃以迄乞丐罪犯，概括了世間所有亡魂，步步相依，齊齊相隨，虛空尚有萬千孤魂十方湧來，得飲食，沐甘露，除罪愆，引薦超度後，清涼境內，各上蓮池，極樂國中，同登彼岸。

透過優美經文的誦唱，初冬入夜，佛光山頭燄口法會，我眞正明白了平等。

貴、賤、貧、富、賢、愚、男、女之外，消弭泯去的還有善與惡，道德與非道德。

平等，點無差別，至廣大。眾生只一

律。

平等無分別的背後，必定含藏一顆能深度理解同情他人處境苦痛的心靈，真正的懂，令人無法迴身，遂連內室閨房難產死去的婦女，和來不及出世的幼靈胎兒也沒漏掉照顧：

凶吉只在片時，瑋瓦未分，母子皆歸長夜。

平等，如此精微周密。而明白了，這三字，其實易寫難工。

明白了，可以是金鋼霹靂，也可以是菩薩低眉，可以是柳暗花明，也可以是林表霧散。當然它有可能是以指指月的指，更有可能，你明白的連同你設問的都誤謬虛假。

這些年我的「明白了」，倒是原本不知當它是問題，後來卻真正明白了。

幼年和爸媽、兩個弟弟共乘三輪車的心情我一直沒忘。

話不多的七歲小女孩，蹲在爸媽膝前，手拉著車夫椅墊，爸媽各抱一個弟弟，弟弟的腳踢晃在小女孩背上頭上，小女孩好愛這樣的時光，心中一路在祈禱：車不要停，不要停……。

小空間，全家人具體清晰，可感可觸的存在。五十多年後，這昔日小女孩才明白，在很小的時候其實她就會預知無常幻化，沒有誰教過她，她從來就不知道這是一樁人生大命題，要到三輪車上再也坐不滿了，她才全然明白。

一直到現在，我教課談起幸福的定義，都會說：「無常有什麼好感傷好驚恐的？」下一句說了幾十遍了，不知道爲什麼，還是會偷偷哽咽，「但是，我還是要說，如常，就是我今生的幸福。」

孟子的一樂不也變得很好講解？給你現在最渴望得到而不能的東西，換你的「父母俱存，兄弟無故」，你要不要？不要，對不對？臺下都點頭。

我也禁不住在點頭，當臺上那心理諮商師說情緒要拉得更遠更深去探索，最後還可以回溯到人的本質，而「意義不是自己去找的，是走過後回頭看才發現」的時候。

二〇〇九年，我廢寢忘食七千字寫下孫立人將軍的故事。

二〇一六年，只爲了不知哪裡看來的四格漫畫，遂於到澎湖演講的機會，開始找尋相關人事，回臺後開始動筆寫下一萬二千字澎湖七一三事件，山東流亡學生的故事。

二〇一八年夏天，先去澎湖再往基隆，耗時兩個月，閱讀七本臺灣史，五千字寫下清法戰爭法軍將領孤拔的故事。

如此耗神費時，寫下這些不合潮流、毫不討喜、連刊登都困難的長文，爲的到底是什麼？

沒設立過的提問，當然不求解，就當自己很愛寫吧，還可以加上微有一種自我完成的喜悅。

一直到最近看了日本漫畫家水木茂的《全員玉碎》，我才完全明白了。

二〇〇九年三月八日，《自由時報》一小角隅，有一則毫不起眼的報導：「印度有三處我國軍墓園，葬的是二次大戰緬甸遠征軍新一軍將士。」他們追隨的是孫立人將軍。孫立人的部隊有條不成文的規矩：「仗打到哪裡，就把公墓修到哪裡。」

戰地記者呂德潤回憶，當年他有機會回昆明，特地問孫立人需託帶什麼回緬甸，孫立人回答：「多帶些冥紙，給戰死異鄉的弟兄們。」

「我採訪過不少中外將領，」呂德潤說：「像孫將軍這樣重感情的，還是第一次見到。」

孫將軍用心著眼處——人。

那四格黑白漫畫，海邊，巖岬，一個持步槍的士兵，一個雙手被綑綁於後的少年。少年的髮因迎風而後貼，他側臉張口眼裡驚恐不解，對話框裡只有一句：

「爲什麼？」

臺灣・臺中

亂世中生命的重量在哪裡？

清法戰爭法國名將孤拔，會是怎樣的人？幾度澎湖去來，路邊那一方小紀念碑逐漸巨大了起來。基隆「法國公墓」園區介紹文字說，這些法軍陣亡將士的墳墓：「早於法軍攻臺期間便已建立。」跟在孤拔元帥身邊的一位小水手，戰後寫下《孤拔元帥與小水手》，他不只一次提及，爲了本身榮耀，有些人可以不惜犧牲別人的命，有些軍官認爲只要大膽，什麼事都可以成功，戰勝後誰也不會多苛責什麼，但跟孤拔在一起不會有這樣的事發生，雙方交手會賠上更多人命時，孤拔就毅然決然放棄。

「跟也要跟對人。」小水手說。

地位愈高，決定性影響到的個人就愈多。被跟隨的人，看得見自己嗎？

親歷二戰的水木茂用漫畫的誇張，淡化些現實的殘酷不人道，但九成是事實的《全員玉碎》仍讓人看了沉重。由下到上實踐的「玉碎作戰」，只准戰死不准生還，重傷的中隊長自殺前，讓部下去求生。但團部知道玉碎計劃下，竟然有人沒戰死，立刻派人前去執行死刑。倖存者之一的軍醫，爲此自殺死諫，也沒改變團部追死的決策。

「軍官、下士官、馬匹、士兵，在軍中這種優先順位之下，士兵根本稱不上是『人類』。」水木茂在後記中寫道。

生命的可貴性，可以被怎樣的東西無情左右？

我還能不明白嗎？

我的文學書寫，無論空間、旅行、生活、群體社會，甚且戰爭，無一不與人相關，尤其這些年來，愈走愈清晰，我凝視的主體都是人。我最在乎，人與人之間。而戰爭離亂中，人命最是微賤，人性卻最被浮凸成雕，無論什麼時代都不缺乏英雄，歷史會記下英雄的名字，而戰士庶民皆無名，野魂悠盪，白骨累如恆河沙數，文學才留得下小人物浪沫之沫的身影。

明白了，我真的是走過後回頭看才發現意義的，一帶拉起我的在乎，我的本質，這種明白有如神助。

一心召請——

戎衣戰士，臨陣健兒，紅旗影裡爭雄，白刃叢中敵命。鼓金初振，霎時腹破腸穿，勝敗才分，遍地肢傷首碎。嗚呼，漠漠黃沙聞鬼哭，茫茫白骨少人收。

那夜佛光山頭唱和的經文，始終在我耳中迴旋如律，生之難，死之悽，孤魂的無奈與悲酸盡被寬憐敦厚的大愛安撫，四野冥合，殿前壇場熒熒燈燃。

在雲道咖啡館讀詩

這次，我收手，不寫最拿手的人物專訪，成功勵志。

我只想記下，不特別的一天，我推門走進那家咖啡館，沒任何理由，那時候的我，四處在城裡遊走，而後來我明白了一些什麼，關於我走進這家咖啡館，是在我讀辛波絲卡的那個季節。

彼時我坐下，曾在雪松、肖楠、牛樟咖啡品名間遲疑了一會兒，沒遇過這樣的咖啡命名，抬頭看見牆上有一個男子墾山身影的黑白照片，才想起似乎聽過他的故事。他們稱他賴桑，一個用一生精力與金錢去種樹的男人。

但我一點都沒想著眼於此，花三十年，二十億，去種下三十萬棵臺灣原生樹木，這不屬信念啓迪與激發的範疇，可遇不可求，這是一則當代傳奇。

後來，我久久會去一次，最後一口咖啡入喉，再喝一口溫開水時，旋即逸漫滿頰滿口的潤甜，也許就是我跨區前來的原因。
來了，就在三角窗靠窗桌，就著午後透窗陽光，讀著書。

讀自己帶的，也溜一眼店裡書架的書。那本《賴桑的千年之約》，寫的就是家族企業第二代賴桑，因緣際會轉身去墾山、種樹、引水、灌溉的歷程。這些樹生長百年千年，「不砍不賣不傳子孫」，毫無營利賺錢之圖，那麼人生到底在追求什麼？一直到現在，大家對無利潤栽種這件事，都還會在心裡暗存一句：「眞的沒有目的的嗎？」

這家滿屋木頭的咖啡店名叫「雲道咖啡」，賴桑大兒子於二〇一二年開創的，商標圖案是自己父親扛鋤頭的身影，取名也是種樹的大雪山上，那千變萬化雲霧山嵐飄緲的景象。

這兒子眼見父親的樹林，肖楠、樟樹、櫻花、雪松、五葉松……，不分四季一片蓊鬱，發想要種出「樹蔭下的咖啡」，咖啡樹種在哪一種樹群裡，經由地下根系的養分，會自然醞染了那種樹的氣味。我想起，我點的第一杯咖啡，是肖楠

樹幹枝椏是實木的斷枝，
一截一截密密拼成的。
樹怎能無葉？
枝椏懸掛的葉子，
是一張一張葉畫。
臺灣・臺中

咖啡，中烘焙，水洗，多合我當時猶尚懦弱刻意佯強的心情，最需要的安全柔和中間路線。

坐在「雲道咖啡」閱讀辛波絲卡的詩，是在一個初秋薄涼，陽光會在樹梢、車頂閃跳著大小金澤的季節。她以小搏大、舉重若輕的簡單語言，讓不寫詩的我能夠走近挨靠，她對人世超然的理解同情，讓我感到莫大的欣慰與熟悉。而已能在秋天靜靜讀詩的人，我想，沒造作、不佯裝，約莫該是擁有不弱也不強，該弱時就弱，該強時就強的一顆心。

讀到她的〈寫履歷表〉，「儘管人生漫長／但履歷表最好簡短」，頭一抬，我突然很明白，有一種人，絕不會「永遠和自己只有一臂之隔」，賴桑不會有我們一生最美好的細小記憶無法用履歷表傳達的感傷，他的履歷表絕對簡短，種樹，種樹，一生種樹。

別人這樣說賴桑的種樹：「不夠瘋、不夠傻的人，不會懷抱這種千年的夢想。」賴桑這樣說自己：「你以爲我什麼都有，其實我什麼都沒有；你以爲我什麼都沒有，其實我有很多。」這樣的人，生命中不會出現價格與價值的二元衝突。我呢？都還不夠，價格、價值與簡短。

總共再去也沒幾次，我注意到店裡有一面牆布置的是一顆樹。

注意到之後的某一次，我發現樹幹枝椏是實木的斷枝，一截一截密密拼成的，樹怎能無葉？枝椏懸掛的葉子，是一張一張葉畫。

湊近去端詳，這才看清楚了，畫布是葉脈分明自然凋落的菩提葉，以國畫及壓克力顏料，在每一張葉畫上彩繪大自然景象，大景之中，一個個出家人，簡筆白頭顱、紅袈裟，經行、念佛、禪修、朝山、行腳……。畫者本身是一位出家師父。

葉肉與葉脈，整個製作程序，繁瑣細微，每一步驟環扣相連，是一場絲毫不容顛倒夢想的精密實作。而落地的菩提葉，一期生命結束，重新被掛在枝頭，以另一種嶄新的形式，展現對生命的無盡詮釋。這不都是生命的實境。

那，臺中城隅「雲道咖啡」算不算一片大景，我偶爾就在其間。

酷夏沉殿，逐漸浮升起秋的透明與清涼，張愛玲說《紅樓夢》，永遠是要一奉十，推門走進「雲道」的那一天，我要的只是坐下。

進一步知道牆上這棵樹名叫「本無樹」後，爲什麼店的轉角要嵌上一面比人高的大明鏡，我突然也一併明白了起來。

賴桑的種樹，我來到這咖啡店，眞的沒有目的的嗎？

我只能說，辛波絲卡是這樣詮釋的，卽便是素昧平生電光石火的一見鍾情，她都說：

既然從未見過面，所以他們確定

彼此並無任何瓜葛。

但是聽聽自街道、樓梯、走廊傳出的話語——

他倆或許擦肩而過一百萬次了吧？

一見與一百萬次，我們認知可感的都這麼局限，包括你以爲的開始，其實都只是續篇，推門不推門、走進不走進、看見不看見……，賴桑的照片在牆上，種樹的書在架上，在一個讀辛波絲卡的季節，我要一奉十，體會著累世累劫流轉之中的所有今生，不過是「而充滿情節的書本／總是從一半開始看起」。

天孤星

——小記現代繪畫先驅李仲生

1 臺詞

一聽我是彰化女中畢業的。

只要是藝術界的人都臺詞一致：「那你有給李仲生教過嗎？」

有。「那他教你們什麼？」說到這句，對方幾乎都要拉高點分貝。

沒。

2 竟然

眞的沒。連美術課我都沒任何記憶。

有學妹至少還記得李老師總是抱石膏像來讓她們畫，全班吵個不停，老師會站在門口叫她們「不要吵，不要吵」。

一九八四年七月二十二日臺北新象藝術家中心一場畫展開幕酒會上，傳來前一天李仲生病故的消息，當場很多年輕的愛畫觀眾都在問：「李仲生是誰？」

我只記得他白衫，卡其褲，瘦小的，默默行走的側影。偶爾在市街看見他，一式似笑非笑的神情，不改變的行速，紅塵大千毫不起眼的微塵粒。我現在回想起來，那不就是他後來選擇和這世界相處的所有隱喻？

後來，很後來了，我看見國美館常爲他辦特展，我陸續閱讀關於他的文章，我聽到學藝術的朋友不斷提到他，二〇一九年冬天，彰化女中百年校慶前夕，圖書館成立了永久性「李仲生紀念藝廊」。

介紹李仲生的書

李仲生，這個不只我，在很多人心中，可能會朦朧淡去連輪廓都難勾勒的人，突然如此鮮明深刻了起來。

原來他是「中國現代繪畫之父」、「前衛繪畫導師」、「中國抽象畫的先驅」、「推動現代化的巨手」。沒有他，臺灣藝術發展要晚不只二十年。

竟然。

3 天孤

一九七九年李仲生從彰化女中退休，銜接這分美術老師職缺的，是當時師範大學美術系畢業的陳瓦木。

如今已成臺灣當代畫家的陳瓦木說，報到前夕，曾是李仲生杭州藝專學生的雕塑教授何明績特地來交代：「你要去的彰化女中，有位大師級人物叫李仲生，代問候。」

到彰女，人事主任也叮嚀他一定要找時間去向李仲生請益。

走上空盪盪教職員宿舍的二樓，陳瓦木敬慎無比的輕呼：「李老師，李老師。」午睡時間，走廊寂靜冷清，他內心忐忑又期待，他即將要見到的，是一位臺灣藝術界的大師級人物！

右邊倒數最末間屋裡開始有回應：「等一下。」這一等是半小時。

陳瓦木又輕喚了好幾聲，說明自己是新來的美術老師，門才終於打開了——十坪大的屋內，蚊帳張掛著，滿地紙張，李老師穿著短褲，白襯衫沒塞，腳踏在報紙堆裡。

「當時我很驚訝，聽聞的與親見這麼不同，我心目中的大師，是以這模樣出現在我面前的。」陳瓦木微笑談起往事。

初照面，李仲生有些慌張，他請陳瓦木坐，但那椅子上堆著果皮與蛋殼，陳瓦木猶豫了一下，李仲生立刻拿一張報紙鋪蓋住果皮蛋殼，陳瓦木坐下那一剎那，蛋殼應聲而破。

陳瓦木與李仲生在教職員宿舍，當了五年鄰居。李仲生通常在晚上十點多，哼著國劇從外頭回來，徹夜畫畫不睡覺。宿舍走廊盡頭是一面大窗，天花板懸下一盞昏黃幽森的小燈泡，李仲生半夜常常一個人坐在窗前藤椅子上，不發一言，爲自己守夜。陳瓦木半夜上廁所，被這畫面驚嚇過。

五十年後，我發現，我的文學理論，都是李老師的藝術主張。

陳瓦木問過李仲生，聽他說過：「我怕壞人來。」

在彰化，李仲生過著遁世的生活，但年輕藝術家、學院美術系的學生，不辭千里，從各地慕名來學畫，他不在宿舍教學或接待客人，一定會約在外頭的冰果室、茶館、咖啡館，爲了不讓學生看他的畫，他將宿舍的門窗全糊上報紙，有調皮的學生翻爬氣窗偷偷進他的屋，發現李老師家很簡單但很亂，一床、一桌、一椅，都是單數個體混搭，散亂滿地的稿紙、畫紙，上面都是凌亂而有序，粗細塗鴉和書寫線條的素描手稿。

和李老師談話，他心情不好，就不答腔，心情好才會多聊，人、時、主題對了，他會滔滔不絕。陳瓦木想跟李仲生請教，李仲生總是說：「你懂得很多了，不需要再學了。」

但有時聊天中，李仲生會突然欣喜的說：「你看，那光影的移動多美。」尤其宿舍老屋修建期間，新與舊交接的種種對比，斑駁牆面、泥濘路面透露的美感，李仲生都曾流露出由衷的讚嘆。

當時也許不能完全領悟，陳瓦木說，但後來他懂得了，那是世間一種悄然變化中的沉靜的情境，有著蕭瑟的滄桑，流動著歲月的感覺。

不名利、不社交、不迎俗、不修邊幅，孑然一身，溫和孤僻中帶一點疑心與防禦，報紙、雜誌、速寫本捲插在衣袋、褲袋，晴雨都帶一把有補丁的黑傘，走回學校，有時傘直接插在草叢裡，看戲的時候，他會轉過身背向舞臺畫觀眾，他說自己沒隱居呀，有時，一個人到臺中百貨公司逛、聽聽歌、喝咖啡，在彰化的冰果室看電視摔角……

日常生活中的李仲生，活生生別人心目中我行我素的神祕怪咖，但陳瓦木說李老師活在自己的藝術裡，在李老師身上，他親見一個真正藝術家，並不需要太多物質的享受，生活太富裕、交際太多，都無所助益，孤獨，才能提升靈感，永保藝術的清醒。陳瓦木讚嘆李仲生：「最有風骨的藝術家。」

一九七九年《雄獅美術》推出「李仲生特輯」，有一篇江春浩寫的李仲生採訪記實，題目下的是〈不嫌孤寂不嫌寒〉。

書上說，孤獨隱者，不羈不絆，不僧不俗，以自己的方式入世行道，是為天孤星。

4 際遇

我第一次看到李仲生油彩畫作，衝口說：「是不是我受孫子的影響，我看這幅畫，就是一個變形金鋼機器戰警啊！」我那在美術館任導覽的朋友說：「你沒錯，他的畫有機械性。」

李老師出身廣東韶關的書香世家，提供他熱愛繪畫的無憂背景，厚實他傳統文化的底蘊，從廣州美專到上海美專，一路都是他對藝術一往情鍾的開拓、追尋與渴望。

他是當時上海「決瀾社」的重要成員，「決瀾社」標榜的是平凡與庸俗包圍在四周，所以不妥協、不坐以待斃，要用全生命來赤裸裸地表現潑剌的精神：「讓我們起來吧！用了狂飆一般的激情，鐵一般的理智，來創造我們色、線、形交錯的世界。」

東方的、學院的、西方的、畢卡索的、新古典主義的、勒澤的、機械主義的、野獸派的、新立體主義的……，這些全都注入他，滋養他，活躍他，推動他，李仲生逐漸在尋索、調整角度，要走向自己更清晰無悔，更嚮往的路途。

他遠渡重洋去到東京日本大學藝術系西洋畫科，在知名大師跟前習畫之外，涉獵哲學、美學、戲劇，他是成績優秀很傑出的學生，但在他內心深處，隱然仍有一股說不出的訴求，他創作的需求並未完全被滿足，他感到有些困惑與徘徊……

一九三三年一個春日的黃昏，李仲生在東京神田區水道橋車站附近駿河臺山坡散步，突然發現一塊招牌，刻著「東京前衛美術研究所」，「前衛」這二個字，充滿強烈深沉的魅惑，整個發亮李仲生的眼，狠狠撞進他的心，他大喜，當下報名了夜間部。

生命中出現藤田嗣治、東鄉青兒、阿部金剛……。他開始追求思想與藝術創作的絕對自由。

不知一九三三年春天，東京冷不冷，櫻花美不美？但我想，那應該是李仲生生命中，最溫暖美麗的一季。五十年後在最後的病榻上，他還說一直想再回日本，「生活費是沒問題的，錢都準備好了。」

抽象繪畫、超現實主義、佛洛伊德、達達、反學院、獨創性、尊重個性，這些藝術密貼契入李仲生的心一如超完密的卯與榫，他從這裡開始，轉捩走向一生堅持的前衛藝術。他著名的「一對一咖啡館教學」、「以精神傳精神」教學法，也都從這裡啓迪。

當時日本「二科會」辦畫展，被陳列在第九陳列室的，都是日本最具代表性的前衛藝術家作品，一九三四年秋天，李仲生的作品被羅致在第九室展出，連續達四年之久。

如果當時他從日本再去法國巴黎、西班牙，如果他就繼續留在日本發展……

一九三七年中日戰爭爆發，他選擇回中國。

他從日本帶回的抽象及超現實主義前衛藝術，對浴血抗戰時期或保守的中國藝壇而言，都顯得格格不入。

一九四九年他隨軍來到臺灣。當時的臺灣，努力要展拓政治新局，藝術界遂極力倡揚中華傳統文人書畫，而另一股保守的勢力，是日治時代留下的嚴格學院技法，這兩股勢力都具有頑強的排他性。

但局勢動盪、現實不安，許許多多年輕藝術家受挫的苦悶心靈，需要一個宣洩情緒、逃避現實的出口，李仲生的前衛藝術正好提供了捷徑，他不僅推廣前衛藝術、書寫藝術評論，且開班授徒，有系統的打開現代藝術教育的先河。

坐落在稻田間的臺北安東街畫室，是一幢有閣樓的小平房，門前一片曬穀場。李仲生住閣樓，畫室就在一樓。燈光昏暗，地面凹凸不平，迎門是亮著小紅燭的神龕。這八坪陋室是一群年輕藝術家的殿堂，後來果真出了許多影響臺灣現代藝術的著名藝術家與學者。

三年後安東街畫室的有一天，李老師不告而別。

畫家吳昊回憶那天，陸續到來的他們守在門口發呆，房東來告訴他們，老師搬去中部了，大家眞像被電擊一樣：「好像夜晚走在荒山上提燈帶路的人突然消失了，我們眼前是一片黑暗。」

吳昊說那天的畫面是：

> 大家聚集在曬穀場上，有的蹲在地上，有的站著發呆，四周靜悄悄的，偶然傳來狗吠聲和唧唧蟲鳴。大家茫茫的散開了……

離開臺北的原因，李仲生始終都說是需要居住有陽光的地方，以照養他的風濕病。但他的學生們後來用回首的眼光來看，似乎另有一些當時難以言說的原因。

一九五三年，弟子歐陽文苑向李仲生提出成立畫會的建議，曾被李仲生痛斥。

一九五六年，弟子們籌組「東方畫會」，帶宣言去彰化請老師過目，李老師當場臉色發白，看都不看連聲：「你們回去！你們回去！」

一九五七年，東方畫會第一屆「東方畫展」前夕，弟子夏陽帶著擬好的稿，到彰化請教老師，沒想到李老師看了後，蹲在地上，緊張的說了些話，最後勸他們別開畫展。

夏陽說他後來才比較「懂」，因爲他後來才知道，一九五五年同門霍剛曾去申請畫會，沒被批准且被當局開會討論，會中有個人提出「西洋現代藝術是共產黨的藝術」，就這句話，恐怕就足令「東方畫會」全體遭殃，幸好有另一個人說：「這是西洋玩意兒，可聽其自生自滅。」才沒讓大家蒙上思想有問題的罪名。

一九六〇年代臺灣戒嚴時期，形勢肅殺，社會上尚有許多禁忌和易誤蹈的陷阱。一九五二年，李仲生好友「美展協會理事長」黃榮燦以匪諜罪被槍決，那槍聲一定無聲響在李仲生摀住嘴不呼的耳畔許久許久。一九五五年「法國現代名畫代表作展」，畢卡索因是共產黨員，作品被取締，這事件，李仲生一定無聲的看在眼底。同一年，他另一位好友，《新藝術》雜誌創辦人何鐵華，因孫立人案株連，差一點就身陷囹圄，這件事他一定不動聲色的偷偷爲朋友捏過冷汗。黃榮燦、李仲生、何鐵華三人當時被稱做「改革藝術鐵三角」。

他是個畏懼大局形勢的文化人，國家機器下，一不小心他並且可能只是個無力保身的小民。妥協或迴避都是方法，而畏懼，是一只無聲無形的籠罩式窒迫性的鐵筒，從天降下。

書上幾乎人人都說李仲生是個溫和、寡言、拘謹、內向、小心的人，可是我翻看李老師的照片，早年的他，神態自若自信，別有一股遄飛意興，他應該是個大方自然、心靈豐富、談笑風生的人。彰化女中的歲月安靜簡單，他一定感受得到相對的安定，但心靈的暗影，不似一塊外附的垢瘢，那是不易擦拭的。我想，李老師一直在自己的際遇裡量力，要讓自己安全與安心。

我不懂繪畫，但我從李老師的一生，看到眞實人生。

際遇，受客觀環境因素的影響，但當事人主觀意念的選擇，也具備決定性的力量。而生命過程充滿許許多多足令脫胎換骨的浸潤與滲透，光明的、陰暗的都是。

藝術觀念上的新穎大膽，並不意味就該去當慷慨激昂先鋒式的革命家，現代藝術論戰期間，李仲生從未發表意見當吶喊的旗手，但越精萃的事物，越經得起拉長拉開時空來檢驗，所有浮雜喧囂，之後都看得見無效的耗損，唯精神上的啓蒙與開創，很明白的，超越過一切，李仲生默默在藝術教育上耕耘，安東街畫室開枝散葉，後來受教於他的弟子也一個一個成爲大家，師生聯力奠定並影響著臺灣現代藝術的發展。

讀完李仲生的一生，我闔卷彷彿看到，他身上疊覆著中國近代歷史與個人藝術信念交錯織成的一疋素繒，這素繒包裹不了天，但無視歲月，在風中輕揚，在陽光下透亮。

5 師生

有一家雜誌專訪李仲生的學生，這些已是臺灣知名藝術家的學生們，都已是七、八十歲的老者了，訪完後，雜誌社放棄早擬好的一問一答書寫方式，以每個「我」單獨成文，因爲學生們一提起李老師，發亮眼眸所流露出的敬愛與眞情，只能實錄，無可更動。

李老師和學生的互動，是臺灣現代藝術史上令人津津樂道的一環。他在咖啡館茶館說著現代繪畫的流派、藝術家的故事、超現實立體派、抽象繪畫……，也和學生不斷的對談，語言是他授課的符碼，是引導的途徑和力量：

藝術需悟性，因為它是一種思想，不是技法。

創作一定要找出自己的個性。

呈現自己的內在，才能將繪畫的能力發揮出來。

藝術是發揮人的一種心靈的符號。

放棄既成的繪畫觀念，深入真實的內面世界。

用眼睛看，將內心有意識無意識潛意識的情緒慢慢移到畫面空間。藝術家不能只靠眼睛而是要用心去體會。

不模仿、不教條、不教畫、不修改學生的畫、不訓練、不臨摹、不讓學生看老師的作品、不必打基礎。

藝術如果不具備可以意會的部分，剩下的只是可以言傳的部分，這是技術不是思想，那根本就無藝術可言。

創作從開始就要起飛，那有先學走路之理，走久了就會僵化，就不會飛了。

創作不在作品本身，在觀念的啟發。

不要在畫裡要求得到什麼，完全自由放鬆的去畫。

繪畫具備的就是純繪畫性，非文學性、非敘事性、非主題性。

中國線條是動的、情緒的、用情感處理線條就對了。

每個人都有自己的色彩次序，什麼顏色都可用，只要你把精神灌注在內，色彩自然會調和到你覺得舒服的時候，那就對了。

他看著夏陽最得意的作品說：「這些線條很熟練，但是一根都沒有用。」

他對陳道明顏色多樣變化的抽象畫說：「你的顏色有主題嗎？」

他對霍剛說：「如果你想和我學，就要把過去的都忘掉，重新開始。」「畫你沒畫過的畫，想你沒想過的問題。」

他對學生們說：「你們長得都不一樣，怎麼畫出來的維那斯都一個樣？」

他說：「像別人有用嗎？每個學生都應該當他自己，像我就更沒用了。」

學生曲德義為打破自己的創作慣性，嘗試過各種畫法，甚至把畫筆插在鼻孔和耳朵裡作畫。

……

李仲生的前衛藝術，於當時保守閉塞的藝術界，無異於「一抹讓人悚慄的黑色」、「一個大反叛」、「一個大異類」，他打破學院與傳統，強調心靈直覺、

二〇一九年彰化女中李仲生畫展。

心理語言、精神空間、自發性創作，找回自己個性的教學法，一定有很多學生學不到任何東西，不理解他的話而離開，但學生們若能從困惑破蛹，往內尋索、發現自己，一即無限，就都能真正享有現代藝術恣意揮灑，無邊且無羈的創意與自由，成就出自己的藝術風格。

心性自由的藝術家，愛創作應該會甚於愛教學，果然，李仲生起初並不喜歡教學只是逐漸習慣，他同時也體認到，這是個不太能接受新事物的社會，開會、辦雜誌、寫文章是無效的，唯一的辦法是繪畫思想的啓迪，培養下一代能實際作前衛繪畫的力量。

李仲生就這樣，不辯、不爭、安其貧、樂其道。

他和學生密密麻麻的書信內容，學生們對他拉得特別長而深的記憶，他一生只在藝術上敞開的深掩的內心，學生們都越老越理解越顧惜。

二〇二〇年彰化藝術展李仲生畫展，攝於陳瓦木作品「反璞歸真」前。

他的學生黃潤色說：「和他相處的日子簡直像一場令人無限懷念的夢，夢中有笑聲有淚痕，有海闊天空的探索和憧憬，有細微入裡的關懷與同情。」

一九八四年六月李仲生腸癌住院，陳瓦木去探望，他搖頭表示不需要什麼幫忙，但仍費盡力氣說了一件事：

「剛才我趕走一個人，臺北的學生，他趕來彰基問我『上次那張畫，老師你還沒有給我訂題目』。」

「你就給我走開！」李仲生這樣回他。

「是非分明，有風骨——」，陳瓦木說，「這就是永遠的李老師。」

七月二十一日，李仲生辭世，他的遺事都在中榮醫院病榻上交待，財產成立現代藝術基金會，作品捐給國家美術館。他追思會的紀念撰文首句是：

「在中國藝術星空裡殞落了一顆放射現代藝術光芒達半個世紀之久的孤星！」

很多老師一生受學生景仰、敬愛，前彰化女中校長謝玉英曾這樣說：

「很少有一名教師，在病中有學生爲他按摩、洗澡、餵食，甚至服侍他排泄。而這一切李老師都得到了。」

6 之間

九〇年代的臺灣，政治與社會氛圍都改變了，李仲生與畫壇的距離逐漸拉近，但多家畫廊極力相邀，他都沒改變「不開畫展」的初衷。臺北一家龍門畫廊，到彰化來五顧茅廬，畫廊老闆楊興生去看了李仲生儲存的作品之後，對李仲生說：

「你的畫給我的衝擊太大了，我回去要馬上開始用功畫畫了。」

李仲生舉辦了生平第一也是唯一的個人畫展。一九七九年十一月，李仲生個人畫展於臺北版畫家畫廊與龍門畫廊同步舉行。前者因爲學生李錫奇的關係，後者，應該是因爲純眞的人都難擋「巧遇知音」的好感覺，楊興生那句話，讓李仲生感到，自己的畫對別人具有啓示感召的力量。楊興生後來果眞轉讓畫廊經營權，成爲專業畫家。

個展後二年，李仲生過世。他與紅塵之間，意外調整出一個「也許自己並不孤單」的完美句點。

一九九九年，臺灣九二一大地震，傾圮坍塌了彰化女中老舊的教職員宿舍，陳瓦木緊急搶救了李仲生宿舍裡散落一地、殘破不堪的畫具、文物、衣褲、舊鞋、日常用品，初見大師那日，張掛著的蚊帳，都仍在。陳瓦木一一清理爬梳、蒸薰防腐，想予以永久保存，但歲月走過，留下灰燼，物質是速朽易腐的，於是陳瓦木用六年時光，以險些土埋灰滅的李仲生生活場域的日常小物爲素材，巧妙入畫，賦予另一種形式的重生。

二〇一一年六月，陳瓦木在彰化藝術館舉辦「縱深、仲生、重生——記憶延伸、返璞歸眞」藝術創作展，半數以上作品，就是從瓦礫堆中誕生的藝術新生。陳瓦木在畫冊首頁寫著：

「在我的畫裡／投入無限的崇敬／在我的畫裡／傾入了豐富的情緒／在我的畫裡／沉澱了歷史的感喟」

我一直認爲，日常平如鏡，會映照靈魂，榮華、名位、能力、藝術，甚至療法，世上沒有什麼能勝過日常生活，陳瓦木用畫，眞正留住李仲生傳奇的一生。

陳瓦木始終創作不輟，畫風隨歲月屢有拓境，我從他近日畫作的符號、元素取向，以及越來越清晰的自我內在呈現，感受到他畫裡的畢卡索、精神空間，也就是我那些我似懂非懂的東西在。李仲生生前，陳瓦木與他之間的距離若卽若離，如今，李仲生當會驚知己於九泉。

臺灣・臺中

李仲生說，人要純淨、單純，把雜念都過濾掉，畫才會達到精美的境界。這些年我的文學課也都告訴別人，要過純粹的生活，因爲分心會讓人失去敏感，只有越少才能感受越多。

李仲生說，藝術需要有慧根，是與生俱來的天賦，後天的努力是有限的。在點閱率、粉專人數誰多誰就紅的時代，我仍不惜告訴學生，寫作沒常法，你來文學課，只是被提醒常操練，寫作最根柢處是天賦。

李仲生說，藝術極需要悟性，不是語言或文字可以釐清的，因為它是一種思想不是技法。

我文學課第一節，上的一定是「見自己」。

李仲生說，藝術創作不應該投人所好，藝術家要有藝術家的情懷。

這麼多好意的聲音，建議我這我那，說要合時宜、知市場、懂行銷，人紅沒什麼不好，但對這人世，我只想抒自己的情，唱自己的調，走自己的路。

那咖啡館裡的自在、獨特的入世風格、有多堅持就有多抗拒、不必求了解的沉默，甚且那些善良與不安……。

五十年歲月會不會太浪擲了？從無感到訝異，從細讀到書寫，對這一個我眼睞眸光從沒倒映，沉默來去我青春窗前的素樸身影，我突然深深感到：
我，錯過了。

7 制高

彰化縣花壇鄉李仔山公墓山的制高點，有一塊黑色大理石墓。碑前豎著一百七十公分高花崗石碑：「中國現代繪畫先驅李仲生先生」。

每年四月五日清明節，學生及同事都會相邀去看他。

李仲生說自己「我一輩子獨來獨往遊戲人間也算是浪得虛名」，學生們則在他的黑色大理石墓石上刻著這幾個字：

這裡安息的是
教師中的教師
藝術家中的藝術家
李仲生先生

臺中・光復新村畫話協會

石德華文學課

我看·自己的戀

閱讀是很個人的事。

愛一個人都不需要理由了，何況愛一本書。

別叫我開書單，你又不是我。

也別愛對人說：「你看過那一本嗎？你應該去看的。」這種人你若真給他時間SOLO，他好像除了說「好看」、「真的好看」、「你應該看」，之外，也沒能說出什麼來。閱讀沒那麼多應該。

所以，安靜下來自己讀。扉頁文字有神魂，白紙畫黑符，默默在找乩體，過火或刺球，擁抱或哭泣，執手或歡喜。

閱讀深化我的相信，閱讀告訴過我答案，閱讀讓我知道我不怪啊有伴，閱讀中可以直視或玩味的各種人性，讓我，都這樣啊，對真實人生諸多包容。

閱讀相應的，絕對是一縷裸袒的靈魂。

我的文章裡於是常有，一本書。

一本書，常能觸發或補好、補滿我想訴說的主題。

晨星文學館057

看我，久久久久

作　　者｜石德華
主　　編｜徐惠雅
校　　對｜石德華、徐惠雅、林品劭
美術編輯｜ivy_design

創 辦 人｜陳銘民
發 行 所｜晨星出版有限公司
臺中市407工業區30路1號
TEL: 04-23595820 FAX：04-23550581
行政院新聞局局版臺業字第2500號
法律顧問｜陳思成律師
初　　版｜西元2020年7月23日
初版二刷｜西元2020年8月31日
總 經 銷｜知己圖書股份有限公司
（臺北）106臺北市大安區辛亥路一段30號9樓
TEL：02-23672044 FAX：02-23635741
（臺中）407臺中市西屯區工業區三十路1號1樓
TEL：04-23595819 FAX：04-23595493
E-mail: service@morningstar.com.tw
訂購專線｜02-23672044　02-23672047
郵政劃撥｜15060393（知己圖書股份有限公司）
印　　刷｜上好印刷股份有限公司

定價　399 元
ＩＳＢＮ：978-986-5529-28-4
Published by Morning Star Publishing Inc.
Printed in Taiwan

國家圖書館出版品預行編目(CIP)資料

看我，久久久久／石德華著.--初版. --臺中市： 晨星,
2020.08
面；公分. --（晨星文學館；057）

ISBN 978-986-5529-28-4（平裝）

863.55　　109008830